ET

Dello stesso autore nel catalogo Einaudi

Paesi túoi
Lavorare stanca
Feria d'agosto
Dialoghi con Leucò
Il compagno
La bella estate
Prima che il gallo canti
La luna e i falò
La letteratura americana e altri saggi
Verrà la morte e avrà i tuoi occhi
Il mestiere di vivere. Diario 1935-1950
La spiaggia
Fuoco grande (con B. Garufi)
Racconti
Il diavolo sulle colline
Tra donne sole
Vita attraverso le lettere
La casa in collina
Le poesie
Tutti i romanzi
Tutti i racconti
Notte di festa e altri racconti
I capolavori
Officina Einaudi
Il serpente e la colomba

Cesare Pavese
Il carcere

Einaudi

Prima edizione «I coralli»

www.einaudi.it

ISBN 978-88-06-23807-0

Nota

Nel 1935 Cesare Pavese (Santo Stefano Belbo, Cuneo, 1908 - Torino, 1950) venne condannato a tre anni di confino perché aveva tentato di proteggere la donna amata, militante del Pci. Due di quei tre anni gli furono successivamente condonati, ma l'esperienza della vita al confino, in un luogo cosí lontano dal suo mondo piemontese come Brancaleone Calabro, non fu senza conseguenze nell'opera dello scrittore. Quando, però, provò a scrivere di quel suo anno coatto al sud, dapprima nel 1936 nel racconto *Terra d'esilio*, e poi in un componimento piú lungo steso tra il 27 novembre 1938 e il 16 aprile 1939 sotto il titolo *Memorie da due stagioni* (che è il testo che qui presentiamo con il titolo *Il carcere* attribuitogli alla fine), Pavese aveva già subíto altre esperienze fondamentali. A partire dalla constatazione, al suo ritorno a Torino, di non potere assolutamente contare sull'affetto della donna per cui si era attirato le punizioni fasciste.

Il carcere, pubblicato da Pavese solo nel 1948 (insieme con un altro romanzo breve o racconto lungo, *La casa in collina*, sotto il titolo comune *Prima che il gallo canti* di trasparente allusione) è una storia di privata solitudine. Recita una nota del diario pavesiano *Il mestiere di vivere*, in data 24 ottobre 1938, ovvero circa un mese prima dell'inizio della stesura di *Memorie da due stagioni*: «Ma *ora* succede che proprio il raccontare un fatto e un personaggio, è fare l'oziosa creazione fantastica perché a questo raccontare si riduce il concetto tradizionale di poesia. Per scrivere mirando a *qualche altro* scopo, ora bisogna proprio lavorare di stile, cercare cioè di creare un modo d'intendere la *vita*... che sia una nuova conoscenza. In questo senso va accettata la mia antica mania di fare argomento della composizione l'immagine, di raccontare il pensiero, di uscire dal naturalismo. Questo non è fantasticare ma *conoscere*: conoscere che cosa siamo *noi* nella realtà. Ecco soddisfatta l'esigenza di *credere avvenuto* quello che stiamo per raccontare...»

Il carcere riprende in terza persona quanto Pavese aveva già cercato di narrare prima in *Terra d'esilio*. Il confino dell'ingegnere Stefano diventa metafora di una condizione esistenziale di solitudine, metà condanna metà alibi del suo chiamarsi fuori dal mondo, a guardare la vita «come dalla finestra del carcere». L'ingegnere è un intellettuale che imputa a se stesso piú che al mondo la responsabilità della propria situazione, rifiutando di riconoscere una qualche giustificazione politica al suo soggiorno a Brancaleone Calabro proprio nel periodo di maggior consenso degli italiani al regime fascista, tra la guerra d'Abissinia e quella di Spagna. Ringraziando Emilio Cecchi per una favorevole recensione a *Prima che il gallo canti*, Pavese ammise il 17 gennaio 1949 di essersi vergognato a lungo de *Il carcere* come di una ricaduta nel solipsismo, ma di essersi reso conto, scrivendo dieci anni dopo *La casa in collina*, di sentirsi legato ancora al problema. Di qui la pubblicazione dei due testi a confronto. *Il carcere* è il primo grande risultato della maturità di

Cesare Pavese, anche se il pubblico l'ha conosciuto solo sette anni dopo l'apparizione in libreria, nel 1941, di *Paesi tuoi*, romanzo breve o racconto lungo scritto successivamente a *Il carcere* dal 3 giugno al 6 agosto 1939.

Il carcere

Stefano sapeva che quel paese non aveva niente di strano, e che la gente ci viveva, a giorno a giorno, e la terra buttava e il mare era il mare, come su qualunque spiaggia. Stefano era felice del mare: venendoci, lo immaginava come la quarta parete della sua prigione, una vasta parete di colori e di frescura, dentro la quale avrebbe potuto inoltrarsi e scordare la cella. I primi giorni persino si riempí il fazzoletto di ciottoli e di conchiglie. Gli era parsa una grande umanità del maresciallo che sfogliava le sue carte, rispondergli: – Certamente. Purché sappiate nuotare.

Per qualche giorno Stefano studiò le siepi di fichidindia e lo scolorito orizzonte marino come strane realtà di cui, che fossero invisibili pareti d'una cella, era il lato piú naturale. Stefano accettò fin dall'inizio senza sforzo questa chiusura d'orizzonte che è il confino: per lui che usciva dal carcere era la libertà. Inoltre sapeva che dappertutto è paese, e le occhiate incuriosite e caute delle persone lo rassicuravano sulla loro simpatia. Estranei invece, i primi giorni, gli parvero le terre aride e le piante, e il mare mutevole. Li vedeva e ci pensava di continuo. Pure, via via che la memoria della cella vera si dissolveva nell'aria, anche queste presenze ricaddero a sfondo.

Stefano si sentí una nuova tristezza proprio sulla spiaggia un giorno che, scambiata qualche parola con un giovanotto che s'asciugava al sole, aveva raggiunto nuotando il quotidiano scoglio che faceva da boa.

– Sono paesacci, – aveva detto quel tale, – di quaggiú tutti scappano per luoghi piú civili. Che volete! A noi tocca restarci.

Era un giovane bruno e muscoloso, una guardia di finanza dell'Italia centrale. Parlava con un accento scolpito che piaceva a Stefano, e si vedevano qualche volta all'osteria.

Seduto sullo scoglio col mento sulle ginocchia, Stefano socchiudeva gli occhi verso la spiaggia desolata. Il grande sole versava smarrimento. La guardia aveva accomunata la propria sorte alla sua, e l'improvvisa pena di Stefano era fatta di umiliazione. Quello scoglio, quelle poche braccia di mare, non bastavano a evadere da riva. L'isolamento bisognava spezzarlo proprio fra quelle case basse, fra quella gente cauta raccolta fra il mare e la montagna. Tanto piú se la guardia – come Stefano sospettava – solo per cortesia aveva parlato di civiltà.

La mattina Stefano attraversava il paese – la lunga strada parallela alla spiaggia – e guardava i tetti bassi e il cielo limpido, mentre la gente dalle soglie guardava lui. Qualcuna delle case aveva due piani e la facciata scolorita dalla salsedine; a volte una fronda d'albero dietro un muro suggeriva un ricordo. Tra una casa e l'altra appariva il mare, e ognuno di quegli squarci coglieva Stefano di sorpresa, come un amico inaspettato. Gli antri bui delle porte basse, le poche finestre spalancate, e i visi scuri, il riserbo delle donne anche quando uscivano in istrada a vuotare terraglie, facevano con lo splendore dell'aria un contrasto che aumentava l'isolamento di Stefano. La camminata finiva sulla porta dell'osteria, dove Stefano entrava a sedersi e sentire la sua libertà, finché non giungesse l'ora torrida del bagno.

Stefano, in quei primi tempi, passava insonni le notti nella sua catapecchia, perch'era di notte che la stranezza del giorno lo assaliva agitandolo, come un formicolio del sangue. Nel buio, ai suoi sensi il brusio del mare diventava muggito, la freschezza dell'aria un gran vento, e il ricordo dei visi un'angoscia. Tutto il paese di notte s'avventava entro di lui sul suo corpo disteso. Ridestandosi, il sole gli portava pace.

Stefano seduto davanti al sole della soglia ascoltava la sua libertà, parendogli di uscire ogni mattina dal carcere. Entravano avventori all'osteria, che talvolta lo disturbavano. A ore diverse passava in bicicletta il maresciallo dei carabinieri.

L'immobile strada, che si faceva a poco a poco meridiana, passava da sé davanti a Stefano: non c'era bisogno di seguirla. Stefano aveva sempre con sé un libro e lo teneva aperto innanzi e ogni tanto leggeva.

Gli faceva piacere salutare e venir salutato da visi noti. La guardia di finanza, che prendeva il caffè al banco, gli dava il buon giorno, cortese.

– Siete un uomo sedentario, – diceva con qualche ironia. – Vi si vede sempre seduto, al tavolino o sullo scoglio. Il mondo per voi non è grande.

– Ho anch'io la mia consegna, – rispondeva Stefano. – E vengo da lontano.

La guardia rideva. – Mi hanno detto del caso vostro. Il maresciallo è un uomo puntiglioso, ma capisce con chi ha da fare. Vi lascia persino sedere all'osteria, dove non dovreste.

Stefano non era sempre certo che la guardia scherzasse, e in quella voce chiara sentiva l'uniforme.

Un giovanotto grasso, dagli occhi vivaci, si fermava sulla porta e li ascoltava. Diceva a un tratto: – Mostrine gialle, non ti accorgi che l'ingegnere ti compatisce e che lo secchi? – La guardia, sempre sorridendo, scambiava un'occhiata con Stefano. – In questo caso, tu saresti il terzo incomodo.

Tutti e tre si studiavano, chi pacato e chi beffardo, con un vario sorriso. Stefano si sentiva estraneo a quel gioco e cercava di equilibrare gli sguardi e di coglierne il peso. Sapeva che per rompere la barriera bastava conoscere la legge capricciosa di quelle impertinenze e prendervi parte. Tutto il paese conversava cosí, a occhiate e canzonature. Altri sfaccendati entravano nell'osteria e allargavano la gara.

Il giovane grasso, che si chiamava Gaetano Fenoaltea, era il piú forte, anche perché stava di fronte all'osteria, nel negozio di suo padre, padrone di tutte quelle case, e per lui attraversare la strada non era abbandonare il lavoro.

Questi sfaccendati si stupivano che tutti i giorni Stefano se ne andasse alla spiaggia. Qualcuno di loro veniva con lui ogni tanto; gli avevano anzi indicata loro la comodità dello scoglio; ma era soltanto per compagnia o per un estro intermittente. Non capivano la sua abitudine, la giudicavano infantile: nuotavano e conoscevano l'onda meglio di lui, perché ci avevano giocato da ragazzi, ma per loro il mare non voleva dir nulla o soltanto un refrigerio. L'unico che ne parlò seriamente fu il giovane bottegaio che gli chiese se prima, via, prima del pasticcio, andava a fare la stagione sulla Riviera. E anche Stefano, benché certe mattine uscisse all'alba e andasse da solo sulla sabbia umida a vedere il mare, cominciò, quando sentiva all'osteria che nessuno sarebbe venuto quel giorno con lui, a temere la solitudine e ci andava soltanto per bagnarsi e passare mezz'ora.

Incontrandosi davanti all'osteria, Stefano e il giovane grasso scambiavano un semplice cenno. Ma Gaetano preferiva mostrarsi quando già c'era crocchio, e senza parlare direttamente con Stefano, soltanto canzonando gli astanti, lo isolava in una sfera di riserbo.

Dopo i primi giorni divenne loquace anche con lui. Di punto in bianco lo prendeva calorosamente sotto braccio, e gli diceva: – Ingegnere, buttate 'sto libro. Qui non abbiamo scuole. Voi siete in ferie, in villeggiatura. Fate vedere a questi ragazzi che cos'è l'Altitalia.

Quel braccetto era sempre cosí inaspettato, che a Stefano pareva come quando, adolescente, aveva, col cuore che batteva, avvicinato donne per strada. A quell'esuberanza non era difficile resistere, tanto piú che lo metteva in imbarazzo davanti agli astanti. Stefano s'era sentito troppo studiato da quegli occhietti nei primi giorni, per poterne adesso accettare senz'altro la cordialità. Ma il buon viso di Gaetano voleva dire il buon viso di tutta l'osteria, e Gaetano, per quanto, quando voleva, squadrasse freddamente l'interlocutore, aveva l'ingenuità della sua stessa autorevolezza.

Fu a lui che Stefano domandò se non c'erano delle ragazze in paese, e, se c'erano, come mai non si vedevano sulla spiaggia. Gaetano gli spiegò con qualche impaccio che facevano il bagno in un luogo appartato, di là dalla fiumara, e al sorriso canzonatorio di Stefano ammise che di rado uscivano di casa.

– Ma ce ne sono? – insisté Stefano.

– E come! – disse Gaetano sorridendo compiaciuto. – La nostra donna invecchia presto, ma è tanto piú bella in gioventú. Ha una bellezza fina, che teme il sole e le occhiate. Sono vere donne, le nostre. Per questo le teniamo rinchiuse.

– Da noi le occhiate non bruciano, – disse Stefano tranquillo.

– Voialtri avete il lavoro, noi abbiamo l'amore.

Stefano non provò la curiosità di andare alla fiumara per spiare le bagnanti. Accettò quella tacita legge di separazione come accettava il resto. Viveva in mezzo a pareti d'aria. Ma che quei giovani facessero all'amore, non era convinto. Forse nelle case, dietro le imposte sempre chiuse, qualcuno di quei letti conosceva un po' d'amore, qualche sposa viveva il suo tempo. Ma i giovani, no. Stefano sorprendeva anzi discorsi di scappate in città – non sempre di scapoli – e allusioni a qualche serva di campagna, bestia da lavoro tanto disprezzata che si poteva parlarne.

Specialmente all'imbrunire si sentiva quella povertà. Stefano usciva sull'angolo della sua casetta e si sedeva s'un mucchio di sassi, a guardare i passanti. La penombra s'animava di lumi, e qualche imposta si schiudeva alla frescura. La gente passava con un lieve fruscio e qualche susurro, talvolta in gruppi parlottanti. Qualche gruppo piú chiaro, piú isolato, era formato di ragazze. Non si spingevano molto lontano e subito riapparivano, rientrando in paese.

Di coppie non se ne vedevano. Se qualche gruppo s'incrociava, si sentivano asciutti saluti. Quel riserbo, del resto, piaceva a Stefano che dopo il tramonto non poteva allontanarsi dal domicilio e, piú che la gente, cercava la notte e la dimenticata solitudine dell'ombra. Tanto ne aveva dimenticato la dolcezza, che bastava un fiato di vento, il frinio di un grillo e un passo, l'ombra enorme del poggio contro il cielo pallido, per fargli piegare la gota sulla spalla, come se una mano lo carezzasse compiacente. La tenebra chiudendo l'orizzonte ampliava la sua libertà e ridava campo ai suoi pensieri.

A quell'ora era sempre solo, e solo passava la maggior parte del pomeriggio. All'osteria nel pomeriggio si giocava alle carte e Stefano, presavi parte, a poco a poco si faceva inquieto, e sentiva il bisogno d'uscire. Certe volte si recava alla spiaggia, ma quel bagno nudo e solitario nel mare verde dell'alta marea gl'incuteva sgomento e lo faceva rivestirsi in fretta nell'aria già fresca.

Usciva allora dal paese che gli pareva troppo piccolo. Le catapecchie, le rocce del poggio, le siepi carnose, ridiventavano una tana di gente sordida, di occhiate guardinghe, di sorrisi ostili. Si allontanava dal paese per lo stradale che usciva, in mezzo a qualche ulivo, sui campi che orlavano il mare. Si allontanava, intento, sperando che il tempo passasse, che qualcosa accadesse. Gli pareva che avrebbe camminato all'infinito, volto al piatto orizzonte marino. Dietro il poggio il paese spariva, e le montagne dell'interno sorgevano a chiudere il cielo.

Stefano non andava lontano. Lo stradale era un terrapieno rialzato, che metteva sott'occhio la triste spiaggia e le campagne vuote. Lontano alla svolta si scorgeva un po' di verde, ma a mezza strada Stefano cominciava a guardarsi dattorno. Tutto era grigio e ostile, tranne l'aria e la distanza delle montagne. Qualche volta nei campi s'intravedeva un contadino. Qualche volta sotto la strada ce n'era uno accovacciato. Stefano, che aveva camminato pieno di rancore provava uno scatto di pace dolorosa, di triste allegrezza, e si fermava e lentamente ritornava.

Rientrando nel paese era quasi lieto. Le prime case avevano un volto quasi amico. Riapparivano raccolte sotto il poggio, caldo nell'aria limpida, e sapere che davanti avevano il mare tranquillo le rendeva cordiali alla vista quasi com'erano state il primo giorno.

All'entrata del paese, tra le prime casette, ce n'era una isolata fra lo stradale e la spiaggia. Stefano prese l'abitudine di darvi un'occhiata ogni volta che passava. Era una casa dai muri in pietra grigia, con una scaletta esterna che portava a una loggetta laterale, aperta sul mare. Per un riscontro di finestre – insolitamente spalancate – appariva, a chi guardasse dall'alto della strada, come forata e piena di mare. Il riquadro luminoso si stagliava netto e intenso, come il cielo di un carcerato. C'erano sul davanzale dei gerani scarlatti, e Stefano si fermava ogni volta.

La sua fantasia diede un balzo quando vide un mattino su quella scaletta una certa ragazza. L'aveva veduta girare in paese – la sola – con un passo scattante e contenuto, quasi una danza impertinente, levando erta sui fianchi il viso bruno e caprigno con una sicurezza ch'era un sorriso. Era una serva, perché andava scalza e a volte portava acqua.

Stefano si era fatta l'idea che le donne di quella terra fossero bianche e grassocce come polpa di pere, e quell'incontro lo stupiva. Nella reclusione della sua bassa catapecchia, fantasticava su quella donna con un senso di libertà e di distacco, affrancato, per la stranezza stessa dell'oggetto, da ogni pena di desiderio. Che ci fosse un rapporto tra la finestra dei gerani e la ragazza, allargava arricchendolo il gioco del suo stupore.

Stefano passava disteso sul letto le ore piú torride del pomeriggio, seminudo per il gran caldo, e il riverbero bianco del sole gli faceva socchiudere gli occhi. Nel fastidio e nel ronzio di quell'immobilità, si sentiva vivo e desto, e a volte gli accadeva di tastarsi l'anca con la mano. Tali appunto, magri e forti, dovevan essere i fianchi di quella donna.

Fuori, oltre la ferrata, nascosto da un terrapieno c'era il mare meridiano. Venivano momenti che il silenzio bruciante sgomentava Stefano; e allora egli si scuoteva e saltava dal letto in calzoncini. Cosí aveva fatto nel carcere, in lontani pomeriggi. La stanza dal tetto a terrazzo era un gran bagno di sudore, e Stefano si faceva alla bassa finestra dove il muro gettava un po' di ombra e l'anfora di terra si rinfrescava. Stefano ne stringeva con le mani i fianchi svelti e umidicci, e sollevandola di peso se la portava alle labbra. Scendeva con l'acqua un sapore terroso, aspro contro i denti, che Stefano godeva piú dell'acqua e gli pareva il sapore stesso dell'anfora. C'era dentro qualcosa di caprigno, selvatico e insieme dolcissimo, che ricordava il colore dei gerani.

Anche la donna scalza, come tutto il paese, andava ad attinger acqua con un'anfora come quella. La portava poggiata obliqua sul fianco, abbandonandosi sulle caviglie. Tutte queste anfore erano dolci e allungate, d'un colore tra il bruno e il carnicino, qualcuna piú pallida. Quella di Stefano era lievemente rosata, come una guancia esotica.

Soltanto per quest'anfora, Stefano era grato alla sua padrona di casa. La vecchia – una donna grassa che si muoveva a fatica – stava seduta in un suo negozietto sullo stradale e gli mandava qualche volta un ragazzino a portargli l'acqua. Qualche volta mandava pure a rifargli la camera: scopavano, rimboccavano il letto, lavavano qualcosa. Ciò avveniva di mattina, quando Stefano era fuori.

La gioia di riavere una porta da chiudere e aprire, degli oggetti da ordinare, un tavolino e una penna – ch'era tutta la gioia della sua libertà –, gli era durata a lungo, come una convalescenza, umile come una convalescenza. Stefano ne sentí presto la precarietà, quando le scoperte ridivennero abitudini; ma vivendo quasi sempre fuori, come faceva, riservò per la sera e la notte il suo senso d'angoscia.

La sera, venne qualche rara volta un carabiniere a controllare se era in casa. Dopo il tramonto e prima dell'alba Stefano non doveva uscire. Il carabiniere si fermava laconico sulla porta, nell'alone di luce, accennava un saluto, e se ne andava. Un compagno lo attendeva nell'ombra col moschetto a tracolla. Una volta venne anche il maresciallo, con stivali e mantellina, di passaggio per qualche perlustrazione. Intrattenne Stefano sulla soglia, esaminando divertito l'interno della stanza. Stefano si vergognò per tutti i cartocci ammonticchiati in un angolo, le cassette, il disordine e il cattivo odore, pensando alla spaziosa caserma sulla piazzetta, che ogni giorno un carabiniere scopava, e ai bei balconi aperti sul mare.

Al pianterreno della caserma c'erano le carceri, dalle finestre accecate in modo che la luce filtrasse dall'alto. Ogni mattina Stefano vi passava sotto, e pensava che le celle dovevano somigliare un poco per sporcizia alla sua camera. Qualche volta ne usciva il brusio di una voce o il tintinnio di una gavetta, e allora Stefano sapeva che qualcuno – villano, ladruncolo, o vagabondo – era carcerato nell'ombra.

Nessuno si fa casa di una cella, e Stefano si sentiva sempre intorno le pareti invisibili. A volte, giocando alle carte nell'osteria, fra i visi cordiali o intenti di quegli uomini, Stefano si vedeva solo e precario, dolorosamente isolato, fra quella gente provvisoria, dalle sue pareti invisibili. Il maresciallo che chiudeva un occhio e lo lasciava frequentare l'osteria, non sapeva che Stefano a ogni ricordo, a ogni disagio, si ripeteva che tanto quella non era la sua vita, che quella gente e quelle parole scherzose erano remote da lui come un deserto, e lui era un confinato, che un giorno sarebbe tornato a casa.

Gaetano lo salutava ogni mattino, sornione. Quegli occhi furbi e quella bocca scema si animavano, vedendo Stefano. Gaetano preferiva non giocare, ma discorrere con Stefano, tutto il crocchio pendendo dalle loro labbra. Gaetano era stato in Alta Italia, due anni prima, da sergente.

Gli altri erano secchi e bruni, pronti a interessarsi e sorridere d'approvazione se Stefano anche solo col tono della voce scherzava. Ce n'era uno, calvo ma giovane, che si allargava davanti il giornale e scorreva le grandi pagine dall'alto in basso, adocchiando gli astanti, parlando adagio. Una sua bimbetta veniva ogni tanto a fargli commissioni da parte della moglie che stava al banco di una loro piccola drogheria. Il padre rispondeva con voce irritata; la bambina usciva di corsa; e Stefano, che le prime volte ascoltava sorpreso, si vedeva fissato dall'uomo calvo con un sorriso quasi di scusa. Come tutti i sorrisi di quella gente, anche quello del calvo Vincenzo era discreto e dolce: usciva dagli occhi scuri pieno di sollecitudine.

Si scherzava molto sul negozio di Vincenzo. Gli chiedevano se a far lavorare la moglie aveva imparato in Algeria. Vincenzo rispondeva che lo smercio ordinario lo può fare benissimo una donna: tra donne s'intendono meglio.

– Almeno riempiste il negozio con belle commesse, – diceva Gaetano, ammiccando a Stefano. – Come si fa nei paesi altrui, eh?

– Dipende dall'articolo che si vende, – rispondeva Vincenzo senza levare gli occhi.

C'era un giovane dalla barbetta ricciuta, che, seduto in un angolo, confabulava talvolta con la guardia di finanza. Non aveva mai salutato Stefano, e come veniva se ne andava, senza dare a Gaetano il tempo di canzonare. Stefano non era certo, ma gli pareva lo stesso che, seduto a cavalcioni di una sedia davanti alla bottega del barbiere, guardava la piazzetta deserta sotto il sole quel pomeriggio ch'egli era uscito dalla stazioncina ammanettato e carico di una valigia, e coi suoi carabinieri era entrato nel Municipio. Di quell'arrivo Stefano non riusciva a chiarirsi il ricordo: la stanchezza esasperata, l'afa marina, le braccia intormentite, le occhiate sazie e svogliate alla gente, gli turbinavano ancora nel cuore confondendo i nuovi visi in un balenio. E poi, s'era guardato subito dattorno, cercando il mare, le rocce, le piante e le strade; e non riusciva a riconoscere quali facce l'avessero visto traversare la piazza. Ora gli pareva che tutto fosse stato indifferente e quasi deserto; ora che, come la folla di una fiera, molti si fossero raccolti o voltati al suo passaggio. Era stato di domenica: e adesso sapeva che la domenica molti sfaccendati attendevano quel treno.

Questo giovanotto si chiamava Giannino e gli pareva ostile. Poggiato di schiena al banco, ecco che un giorno accese la sigaretta e parlò a Vincenzo.

– Che ti dice quel giornale? Gli algerini hanno già consumato il tuo sapone? Se lo sono mangiato come burro sul pane?

– Voi scherzate, don Giannino, ma se avessi la vostra età ritornerei laggiú. Paese d'oro, Algeri bianca! – e Vincenzo si baciò la punta delle dita.

– Perché bianca, quando tutti sono neri? L'avrà lavata lui? – rispose Giannino, e si staccò dal banco e andò alla porta.

– Vincenzo tornerà in Algeria, quando tu, Giannino, tornerai a San Leo, – disse Gaetano.

Giannino sorrise compiaciuto. – Meglio averci dietro le donne che non la finanza. Le donne piú ti conoscono e piú ti cercano. Proprio come le guardie –. Giannino rise serrando le labbra, e se ne andò.

Dopo qualche minuto anche Stefano uscí nella strada. S'incamminava al Municipio per finire il pomeriggio e chieder posta, quando Giannino sbucò da una strada.

– Una parola, ingegnere.

Stefano, stupito, si fermò.

– Ho bisogno dell'opera vostra. V'intendete di case? Mio padre ha disegnato una villetta e ci ha dimenticato le scale. L'ha provveduta d'ogni cosa, anche il terrazzo, ma ci ha dimenticato le scale. V'intendete di progetti?

– Sono elettrotecnico e da un anno appena, – disse Stefano sorridendo.

– Ma via, ve ne intendete. Venite da noi. Gli darete consigli per l'illuminazione. Questa sera?

– La sera non posso –. Stefano sorrise un'altra volta.

– Già. Ma il maresciallo è amico mio. Venite...

– Meglio di no. Venite voi da me.

Tutta quella sera, Giannino sorrise in un modo sollecito e tentante, nella penombra del cortile. Non occorreva la luce per vedergli i denti chiari e sentirne la voce cortese. S'era seduto a cavalcioni della seggiola, e il contrasto con l'alone di luce della porta lo fondeva nella notte, immergendo le sue parole nei sussurri e nei tonfi del mare.

– Nella stanza fa caldo e c'è odore, – diceva Stefano. – Ho conservato le abitudini del carcere. Non ci si può affezionare a una cella. Non si può farsene una camera.

– Quella luce dal soffitto vi deve toglier gli occhi: è troppo cruda. Sarebbe meglio una candela.

Nella stanza, sopra una cassa, s'intravedeva la valigia non ancora disfatta.

– Sempre pronto per ripartire? – aveva detto Giannino dalla soglia.

– È lí per scongiuro. Può arrivare anche domani l'ordine di trasferirmi. Come ci si volta nel letto. Prigione o confino, non è mica star chiusi: è dipendere da un foglio di carta.

Seduti a fronte, si guardavano. Il mare sciacquava. Stefano sorrise.

– Da noi si dice che voialtri siete sporchi. Credo di essere piú sporco di voi.

Giannino rideva e si fece serio a un tratto.

– Lo siamo sporchi, – disse. – Ma io vi capisco, ingegnere. È per la stessa ragione per cui voi tenete la valigia pronta. Siamo gente inquieta che sta bene in tutto il mondo ma non al suo paese.

– Non è un brutto paese.

– Vi crederò quando avrete disfatta la valigia, – disse Giannino, poggiandosi la gota sul braccio.

La casa di Giannino dava anch'essa sul mare, ma Stefano ci andò di malavoglia, l'indomani, perché svegliandosi lo aveva preso l'angoscia consueta. Si svegliava sempre all'alba, inquieto, e giaceva nel letto con gli occhi socchiusi, ritardando l'istante che avrebbe ripreso coscienza. Ma la dolcezza del dormiveglia non esisteva per lui: la luce e il mare lo chiamavano, la stanza si schiariva, e gli doleva il cuore, di un'angoscia carnale, perduto in vaghi brandelli di sogni. Balzando dal letto, si riscuoteva. Quel mattino tuttavia durò la pena fin che non fu uscito in strada: la pace della sera precedente era sfumata, al pensiero di aver troppo parlato di sé.

Giannino non c'era. Venne la madre che non sapeva nulla di Stefano e lo fece entrare in un salotto pieno di carte polverose e dal pavimento a mattonelle rosse. I muri di quella casa erano spessi come roccia. Da una piccola finestra si scorgeva un po' di verde. Giannino era partito all'alba. Quando seppe dei progetti, la madre storse la bocca e si mise a sorridere.

Poi entrò il padre: un uomo secco, dai baffi spioventi e ingialliti, che non mostrava i settant'anni. Sapeva di Stefano, ma liquidò i progetti con un gesto. – Vorrei che ne parlaste con mio figlio, – disse. – La mia parte io l'ho già fatta.

– Non credo che vi sarò molto utile, – disse Stefano. Il padre di Giannino allargò le braccia, muovendo i baffi in sollecitudine complimentosa.

La madre, ch'era una donna grande, dal viso massiccio, andò a fare il caffè. Da un bricco d'argento lo versò in minuscole tazzine dorate disposte senza vassoio sul tavolo. Il padre Catalano intanto, che ridendosela s'era messo a passeggiare avanti alla parete scrostata, venne a sedersi.

Solamente Stefano bevve il caffè. Le altre due tazze rimasero sul tavolo semivuote.

– So del caso vostro, ingegnere, – diceva il vecchio con le mani sulle ginocchia. – Non siete il solo. Conosco i tempi.

– Come vi trovate, qui? – disse la signora.

Il vecchio scattò. – Come vuoi che si trovi? Paesacci! Lavorare non potete?

Stefano fissava le fotografie sui mobili e i tappeti scoloriti, e rispondeva pacato. In quel vecchio salotto c'era un freddo di pietra che saliva le gambe. Rifiutò dell'altro caffè, e la signora li lasciò.

– Spero che avrete un buon influsso su quello sciagurato di mio figlio, – disse improvvisamente il vecchio. Si guardava intorno con un sorriso preoccupato, e quando Stefano si alzò per accommiatarsi gli tese le due mani: – La vostra visita è un onore. Tornate, ingegnere.

Stefano rincasò un momento a cercare un libro. Era alto mattino, e quel fresco e scalcinato salotto non gli usciva di mente. Con uno sforzo si chiarí il pensiero che era certo di aver pensato istanti prima in quel salotto. La serva scalza, erta sui fianchi, della casa dei gerani, doveva vivere in stanze come quella, strisciare il piede sulle rosse mattonelle. O forse la casa grigia era piú recente. Ma quelle tazzine dorate, quei vecchi ninnoli polverosi, quei tappeti e quei mobili, esalavano nel freddo della pietra l'anima di un passato. Erano quelle le case sempre chiuse, che forse un tempo avevano conosciuto, accoglienti e solatie, altra vita e altro calore. Parevano, a Stefano, le ville dell'infanzia, chiuse e deserte nei paesi del ricordo. La terra arida e rossa, il grigiore degli ulivi, le siepi carnose dei fichi, tutto aveva arricchito quelle case, ora morte e silenziose, se non per la bruna magrezza di qualche donna che aveva in sé tutto il selvatico dei campi e dei gerani.

Nel cortiletto Stefano trovò la figlia non piú giovane della sua padrona di casa, che contegnosa scopava nel fossato un mucchio di rifiuti. A quell'ora insolita vide parecchi bimbi del vicinato scorrazzare e giocare sul terrazzo del tetto. Fra i clamori la donna gli sorrise pallidamente: cosí faceva sempre, incontrandolo. Aveva un viso grassoccio e smorto; vestiva di un nero tranquillo. Vedova o separata da un marito che l'aveva fatta vivere in qualche città lontana, non parlava il dialetto nemmeno con quei bambini. Lo seguí sulla porta della camera riordinata, e Stefano dovette volgersi a ringraziarla.

La donna immobile, deposta la scopa, non gli staccava gli occhi di dosso. Il letto ricomposto e rimboccato ingentiliva tutta la stanza.

– Un giorno andrà via, – disse la donna, con la sua voce cupa. – Si ricorderà ancora di noi?

Stefano vide un piatto di fichidindia sul tavolino. Fece il viso piú sollecito che seppe e rispose qualcosa.

– Non lo si vede quasi mai, – disse la donna.

– Cercavo un libro.

– Legge troppo perché è solo, – disse la donna senza muoversi.

Sempre cosí faceva, nei pomeriggi quando entrava a portargli qualcosa. Seguivano lunghi silenzi che la donna occupava con occhiate, e Stefano era insieme compiaciuto e imbarazzato. La donna arrossiva con ferma insistenza e la sua voce cupa taceva cercando nel silenzio una dolcezza. Stefano assisteva con un senso di pena.

– No, che non sono solo, – disse forte quel mattino, e venne alla porta e le prese tra le mani le guance, tirandosele al viso: il suo bacio finí sulla nuca di lei. Sul tetto si sentivano i tonfi precipitosi dei ragazzi. La confusione e l'audacia insieme fecero sí che la serrasse al petto. La donna non fuggiva, si stringeva al suo corpo; ma non s'era lasciata baciare.

Di colpo a Stefano nacque un desiderio pungente, di quelli mattutini, irresistibili. La donna prese a carezzargli i capelli, infantilmente. Stefano non sapeva che dire. Quando le strinse i seni, la donna si scostò e lo guardò gravemente, sorridendo.

Aveva un viso scarlatto e lacrimoso. Era quasi bella. Prese a susurrare: – No, adesso. Se mi vorrà davvero bene, tornerò. Dobbiamo stare attenti. Tutti guardano. Sono anch'io sola come te… No: se mi vorrai bene. Deve tornare Vincenzino… Ora mi lasci.

Tornò Vincenzino, un ragazzetto nero, con l'anfora piena. Stefano l'aiutò a deporla sul davanzale e cercava una moneta. Ma Elena, la donna, preso per mano il nipotino uscí senza volgersi indietro.

Stefano si buttò sul letto, sorridendo. Vedeva gli occhi fissi della donna. Lo riprese il desiderio, e saltò giú dal letto. Trovarsi là in quell'ora insolita lo faceva sorridere, come se potesse tutto osare. Uscendo, passò dalla spiaggia, per non incontrare la donna.

Il mare, visto pensando ad altro, era bello come nei primi giorni. Le piccole onde correvano ai piedi con labbra di spuma. La sabbia liscia riluceva come marmo. Quando Stefano risalí verso le case, lungo una siepe polverosa, pensava se, invece di quell'Elena, l'avesse abbracciato e baciato la ragazza scalza dei gerani. – Sarebbe bello incontrarla, – mormorò, per udire la propria voce turbata, – quest'è il giorno dei fatti –. L'immaginò gaia e danzante, stupita sotto la fronte bassa, innamorata selvaggiamente di lui. Ne vide, con un rimescolio, le chiazze brune dei seni.

All'osteria trovò Vincenzo, che leggeva il giornale. Si scambiarono un saluto.

– Oggi sembra domenica, – disse Stefano.

– Faceste il bagno, ingegnere? Per voi è domenica sempre.

Stefano si sedette, tergendosi la fronte. – Prendete un caffè, Vincenzo?

Vincenzo chiuse il giornale e levò il capo. La fronte calva gli faceva un sorriso stupito.

– Vi ringrazio, ingegnere.

La testa nuda pareva quella di un bimbo. Giovane ancora, se imbronciava per caso le labbra, faceva pena. Una testa da fez rosso.

– Sempre domenica! – disse Stefano. – Voi che avete vissuto in città, sapete quant'è noiosa la domenica.

– Ma allora ero giovane.

– Forse che adesso siete vecchio?

Vincenzo fece una smorfia. – Si è vecchi quando si torna al paese. La mia vita era altrove.

Venne il caffè, che sorbirono adagio.

– Che si mangia oggi, ingegnere? – disse a un tratto Vincenzo, guardando sparire la vecchia ostessa.

– Un piatto di pasta.

– Poi ci sarà del fritto, – disse Vincenzo. – Stamattina vendevano pesce di scoglio, pescato alla luna. Ne comprò pure mia moglie. È scaglioso ma fino.

– Vedete che per me non è domenica. Io mi fermo alla pasta.

– Solamente? Siete giovane, per diavolo! Qui non siete alle carceri.

– Ma sono sulla porta. Non ho ancora il sussidio.

– Per diavolo, vi spetta! Ve lo daranno certo.

– Non ne dubito. In attesa mangio olive.

– E perché vi sbancate in caffè?

– Non facevano cosí anche i vostri arabi? Meglio un caffè che un pranzo.

– Mi dispiace, ingegnere. Pasta e olive! La prossima volta offro io.

– Le olive me le mangio alla sera, scusate. Sono buone col pane.

Vincenzo era rosso e imbronciato. Sbatté il giornale piegandolo e disse: – Ecco il vostro guadagno! Scusate, ingegnere, ma foste fesso. Non si discute col governo.

Stefano lo guardò senz'espressione. Fare un viso insensibile gli ridava la pace del cuore: come tendere i muscoli in attesa di un colpo. Ma Vincenzo taceva, e cadendo lo sforzo nel vuoto, Stefano prese a sorridere. Quella mattina il suo sorriso era vero, bench'egli torcesse la bocca. Era come lo sguardo che aveva gettato sul mare. Lo coglieva come una smorfia macchinale, ma caldo e impreveduto.

Quel giorno Stefano non mangiò all'osteria. Rincasò con un pacco di pane, evitando il negozio della madre di Elena, guardando le finestre di Giannino: sperava di non passare in solitudine il pomeriggio.

Ma nessuno venne e, rosicchiato un po' di carne e di pane bagnato nell'olio, Stefano si buttò sul letto, deciso a svegliarsi soltanto se gli toccavano il braccio.

Non poteva star fermo, nel torrido silenzio, e di tanto in tanto scendeva per bere: senza sete, come aveva fatto nel carcere. Ma quel carcere volontario era peggio dell'altro. A poco a poco Stefano odiò se stesso perché non aveva il coraggio di allontanarsi.

Piú tardi andò a fare il bagno che non aveva fatto al mattino, e l'acqua placida del tramonto gli diede un po' di pace, accapponandogli la pelle già nera di sole. Era nell'acqua, quando si sentí chiamare. Sulla spiaggia, Giannino Catalano agitava il braccio.

Quando si fu rivestito, sedettero insieme sulla sabbia. Giannino scendeva allora dal treno: era stato in città; l'aveva veduto dal finestrino dirigersi alla spiaggia. Stefano gli disse sorridendo ch'era passato, la mattina, dai suoi.

– Oh, – disse Giannino, – v'avranno spiegato che sono un fannullone. Da quando ho smessa la scuola per questa barba, non pensano ad altro.

Stefano osservava con calma il viso ossuto e la barbetta scabra del compagno. Nella luce tranquilla e fresca gli parve di nuovo di afferrare il ricordo di lui seduto a cavalcioni, in quella lontana domenica, e annoiato. Giannino trasse di tasca una pipetta.

– Ho fatto il militare e veduto un po' di mondo, – disse frugandola col dito. – Poi ho smesso, perché somigliava troppo alla scuola.

– E adesso che fate?

– Quello che fate voi. Passo il tempo. E tengo d'occhio mio padre, ché i suoi muratori non lo facciano fesso.

– Vostro padre tiene d'occhio voi, – osservò Stefano.

– C'è chi ci tiene d'occhio tutti, – disse Giannino ammiccando. – Cosí è la vita.

Mentre accendeva la pipetta, la buffata azzurrina passò davanti al mare. Stefano la seguiva con gli occhi, e gli giunse, attutita, la frase di Giannino:

– Siamo poveri fessi. Quella libertà che il governo ci lascia, ce la facciamo mangiare dalle donne.

– Meglio le donne, – disse Stefano ridendo.

La voce di Giannino si fece seria.

– Avete già trovato?

– Che cosa?

– Una... donna, diamine.

Stefano lo guardò, canzonatorio.

– Non è facile qui. E poi lo vieta il regolamento. «Non frequentare donne a scopo di tresca o per qualsiasi...»

Giannino saltò in piedi. Stefano lo seguí vivamente con gli occhi. – Che scherzate, ingegnere? Voi non potete tenere una donna?

– Posso sposarmi, ecco.

– Oh, allora potete far pure il fidanzato.

Stefano sorrise. Giannino si rabboní e si rimise a sedere.

Il fumo azzurro che tornò a passare, congiungeva l'orizzonte col cielo e creava l'illusione di una traccia di nave.

– Non ne passano mai? – disse Stefano, indicando il largo.

– Siamo fuori d'ogni rotta, – disse Giannino. – Anche chi passa, doppia al largo. È un promontorio di rocce scoperte. Mi meraviglio che ci passi il treno.

– Di notte fa paura, – disse Stefano, – il treno.

Lo sento fischiare nel sonno. Di giorno chi ci pensa? ma di notte pare che sfondi la terrazza, che traversi un paese vuoto e abbia fretta di scappare. È come sentire dal carcere scampanellare tranvai. Fortuna che viene il mattino.

– Dovreste avere chi vi dorma accanto, – disse Giannino con voce attutita.

– Sarebbe una tresca.

– Storie, – rispose Giannino. – Il maresciallo ne ha due. Ogni uomo ha diritto.

– Noialtri abbiamo il lavoro e voi avete l'amore, mi diceva don Gaetano Fenoaltea.

– Fenoaltea? Quello è un fesso. Si fa mangiar dalle puttane tutti i soldi di suo padre. Ha pure ingravidato una servetta di tredici anni.

Stefano formò con le labbra un sorriso, e sorse in piedi davanti al mare pallido. In quel sorriso lo mordeva l'amarezza di aver creduto i primi giorni all'ingenuità del paese; e c'era pure la sua ripugnanza a scoprire ciò che gli altri commettessero di sordido. Piú che il fatto era il tono canzonatorio di chi raccontava, che gli dava fastidio. Gli impediva di amare comodamente come semplici cose le persone degli altri.

Prima di separarsi da lui, Giannino s'accorse della sua inquietudine, e tacque. Si lasciarono alla porta dell'osteria.

Rincasando quella sera Stefano era sicuro di sé. Trovò una sua giacchetta di pigiama, piegata sul letto, in attesa.

Quando fu buio e il ciabattino del cortiletto ebbe spento, comparve Elena sulla porta, e se la chiuse alle spalle e richiuse le imposte, appoggiandovisi, nera come in lutto. Si lasciò stringere e baciare, susurrando di far piano.

Aveva gli occhi umidi sul viso spaventato. Stefano capí che non sarebbe stato necessario parlare, e la trasse con sé. La stanza chiusa e illuminata era soffocante.

Stefano scese dal letto e andò alla finestra. La donna, seduta nel letto con le mani sui seni, gettò un grido roco.

– Che c'è? – disse piano Stefano.

– Non aprire. Ci vedono.

Aveva i capelli disfatti e il sudore sul labbro. Cominciò a rivestirsi in furia, saltando contro la parete. Le gambe pallide scomparvero nella nera sottana.

– Adesso posso aprire? – borbottò Stefano.

Con l'indice sul labbro, Elena venne verso di lui battendo le palpebre come per vezzo. Lo guardò sorridente e imbronciata, e gli posò una mano sul petto nudo.

– Vado via, – disse piano.

– Resta ancora. Da tanto tempo non abbraccio una donna.

Elena sorrise. – Ecco, pregami cosí. Mi piace. Non mi pregavi cosí –. Poi le salirono i lucciconi agli occhi e gli prese una mano e se la compresse sopra un seno. E mentre piangeva, tra le braccia di Stefano, ansimava: – Parla cosí. Mi piace quando parli. Abbracciami. Sono una donna. Sí, sono una donna. Sono la tua mammina.

La stoffa nera sopra il seno molle impacciava Stefano, che disse con dolcezza:

– Potremmo andare qualche volta sulla spiaggia.

Gli occhi di Elena bevevano le sue parole. – No sulla spiaggia. Davvero mi vuoi bene? Ho avuta tanta paura che tu volessi solamente il mio corpo. Non vuoi solamente il mio corpo?

– Ti voglio bene, ma desidero pure il tuo corpo.

Elena gli nascose il volto sul petto. – Véstiti, ingegnere. Ora vado via.

Stefano dormí pesantemente e si svegliò nell'alba fresca e fu contento d'esser solo. Preparandosi a uscire pensava che la prossima volta avrebbe spento la luce per non dover sorridere e potersi immaginare di aver nel letto la giovane scalza. «Purché non s'innamori, – brontolò, – purché non s'innamori e non lo dica in paese».

Nelle giornate che seguirono, Stefano rivide una sola volta Elena, e la spaventò con le storie del maresciallo e della ronda; ma sentiva ogni volta, rientrando, le tracce dell'umile e folle presenza. Il letto era sempre rifatto, l'acqua rinnovata, i fazzoletti lavati. Trovò pure una tovaglia di carta ricamata, sul tavolo.

Elena fu contenta che spegnesse la luce e, siccome non sapeva far altro che stringersi Stefano al petto, tutto divenne molto semplice e non c'era nemmeno da parlare. Stefano sapeva che al mattino Elena lo spiava passare davanti alla bottega, ma non entrò mai per non sentirsi imbarazzato di fronte alla madre. Una cosa aveva Elena, che la distingueva dalle comari del paese: come non parlava il dialetto, cosí sotto la veste nera era sempre pulita e la sua pelle bianca era dolce. Ciò faceva pensare Stefano ai tempi che la donna aveva vissuto in Liguria, moglie di un militare che poi se n'era separato.

– Anche tu te ne andrai, – gli diceva nel buio. – Tu qui stai male e te ne andrai.

– Forse in prigione un'altra volta.

– Non dirlo, ragazzo –. Elena gli chiudeva la bocca. – Queste cose, se si dicono, succedono.

– Tengo là pronta la valigia, infatti. Come posso esser sicuro di domani?

– No, tu andrai a casa e mi lascerai.

In quei giorni Stefano sedette molto all'osteria, e di rado s'allontanò lungo la spiaggia o per la strada degli ulivi che s'addentrava ai piedi del poggio. Era molto fiacco e, appena giunto nuotando allo scoglio consueto, vi si stendeva sotto il cielo limpido e sentiva le gocciole scorrergli sui pori del corpo ormai brunito e coriaceo, riposato e sazio. Nel tremore della luce guardava ancora la riva fatta di grige casupole, rosee e giallastre, e dietro altissimo il poggio dalla cima bianca, il paese antico. Anche il suo isolamento era mutato, e quelle pareti invisibili s'erano connaturate al suo corpo. Persino la fiacchezza era dolce, e certe mattine, asciugandosi sulla riva il corpo magro, sentiva salirsi alla gola una smaniosa ilarità che si esprimeva in grida soffocate.

Tutto il paese e quella vita gli parevano un gioco, un gioco di cui conosceva le regole e accompagnava lo svolgimento senza prendervi parte, signore com'era di se stesso e della propria strana sorte. L'angoscia stessa del suo isolamento colorava d'avventura la sua vita. Quando saliva al Municipio a cercar posta, lo faceva con viso impassibile, e il segretario che gli tendeva una busta timbrata non sapeva di aprirgli per mezzo di quel foglio le porte di preziose fantasie, mettendolo in rapporti con un'esistenza lontana, impenetrabile se non da lui che vi riconosceva se stesso. Il viso sgomento di quel vivace segretario pareva stupirsi ogni volta.

– Ingegnere, non è necessario che veniate ogni giorno. Lo sappiamo che non volete fuggire.

Faceva un gesto volubile, allargando le occhiaie.

– Allora, mi mandate a casa la posta? – diceva Stefano.

Il segretario allargava le palme, in segno di disperazione.

Su quella stradetta sassosa, tra la chiesa e il Municipio, s'incontrava non di rado il maresciallo. Stefano scostandosi lo salutava e qualche volta si fermavano a discorrere. Passavano contadini neri e bruciati, con le calze biancastre, e si cavavano il berretto e guardavano a terra. Stefano rispondeva con un cenno. La testa ricciuta del maresciallo si stagliava immobile sul mare.

– Allora non v'intendete di giardinaggio? – diceva dopo un lungo silenzio.

Stefano scuoteva il capo.

– ... Quei peschi mi muoiono.

– Ne avrete molti.

Il maresciallo si guardava intorno. – Tutta la spalliera dietro la caserma. Il detenuto che mi consigliava ha scontato la pena. Ingegnere, andate pure a caccia con Giannino Catalano. Sapete tirare?

– No, – diceva Stefano.

L'esistenza di Giannino lo aiutava a non sentirsi schiavo d'Elena, e dava un senso alle sue attese in osteria e alle chiacchiere con gli altri. Quando usciva di casa sapeva che le strade contenevano imprevisti e differenze e simpatie, per cui tutto il paese si faceva piú concreto e acquistava una prospettiva, e le persone meno importanti ricadevano a sfondo come dopo i primi giorni era accaduto della campagna e del mare. Ma Stefano ben presto si accorse che il gioco di quella vita poteva svanire, come un'illusione che era.

Gaetano Fenoaltea aveva assistito con sospetto all'evidente compagnia che Giannino faceva a Stefano, e doveva aver capito che qualcosa accadeva di cui lo si teneva allo scuro. Stefano ne fu certo l'indomani del giorno che salí con lui al paese antico.

Gaetano l'aveva preso a braccetto e gli aveva detto ch'era la festa della Madonna di settembre e che il maresciallo permetteva che con lui ci andasse. – Viene tutto il paese e voi verrete con me. Lassú vedrete qualche bella donna.

Il poggio era un vero monte Oliveto, cinerognolo e riarso. Quand'era stato in cima, Stefano aveva guardato il mare e le case lontane. Di tutta la gita aveva colto specialmente l'illusione che la sua stanza e il corpo di Elena e la spiaggia quotidiana fossero un mondo cosí minuto e assurdo, che bastava portarsi il pollice davanti all'occhio per nasconderlo tutto. Eppure quel mondo strano, veduto da un luogo piú strano, conteneva anche lui.

L'indomani, seduto fumando una sigaretta, Stefano si godeva l'insolita stanchezza della discesa notturna dal monte, ancor voluttuosamente greve nel suo corpo. Da tanto tempo non aveva piú traversato la campagna sotto le stelle. Tutto il monte era stato, in quell'ora, brulicante di cordiali gruppetti che si riconoscevano alla voce, gridavano o capitombolavano nella notte contro gli sterpi. Innanzi a loro o alle spalle, scendevano le donne che ridevano e parlavano. Qualcuno cercava di cantare. Alle svolte ci si fermava e si cambiava di gruppo.

All'osteria c'erano Vincenzo, Gaetano, e gli altri ch'erano stati della comitiva. Si rideva della guardia di finanza che, non avvezzo a quel vino, ne aveva fatte di bestiali e forse dormiva tuttora in un fosso.

– Siete vergognosi, – disse Stefano. – Da noi ci si ubriaca tutti quanti.

– Vi siete divertito, ingegnere? – chiese uno, con voce squillante.

– Lui non si diverte perché non gli piacciono le donne, – disse Gaetano.

Stefano sorrise. – Donne? Non ne ho vedute. A meno che chiamiate donne quelle sottane che ballavano tra loro, sotto gli occhi del parroco. Con gli uomini non ballano mai?

– Non era mica una festa di nozze, – rispose Gaetano.

– Non avete provata nessuna simpatia? – disse il calvo Vincenzo.

– Sí, sentiamo: qual era la piú bella? – disse Gaetano, interessato.

Tutti guardavano Stefano. Gli occhi fondi e maliziosi di qualcuno invitavano. Stefano girò lo sguardo e distaccò la sigaretta.

– Ecco, non vorrei coltellate, – disse adagio e con un cenno cortese, – ma la piú bella non c'era. Avete una bellezza autentica e non c'era...

Non voleva parlare, e parlava. L'orgasmo degli altri gli dava un'importanza che lo faceva parlare. Sentiva di confondersi con loro, di essere sciocco come loro. Sorrise.

– ... Non c'era...

– Ma chi è?

– Non lo so. Con licenza parlando, credo faccia la serva. È bella come una capra. Qualcosa tra la statua e la capra.

Tacque, sotto le domande incrociate. Provarono a dirgli dei nomi. Rispose che non ne sapeva nulla.

Ma dalle descrizioni che gli fecero, riportò l'impressione che si chiamasse Concia. Se era questa, gli dissero, veniva dalla montagna ed era proprio una capra, pronta a tutti i caproni. Ma non vedevano la bellezza.

– Quando sembrano donne, non vi piacciono? – chiese Vincenzo, e tutti si misero a ridere.

– Ma Concia è venuta alla festa, – disse un giovane bruno, – l'ho veduta girare dietro la chiesa con due o tre ragazzini. Ingegnere, la vostra bellezza serve ai ragazzini.

– Chi vuoi che la voglia? Ha servito anche al vecchio Spanò che l'aveva a servizio, – disse Gaetano guardando Stefano.

Stefano lasciò cadere il discorso. Quel senso di solitudine fisica che l'aveva accompagnato tutto il giorno fra la calca festaiola e il cielo strano di lassú, rieccolo ancora. Per tutto il giorno Stefano s'era isolato come fuori del tempo, soffermandosi a guardare le viuzze aperte nel cielo. Perché Giannino gli aveva detto ridendo: «Andate, andate, con Fenoaltea. Vi divertirete»?

Stefano avrebbe potuto mescolarsi con gli altri e dimenticare il lucido pomeriggio esterno cantando e gridando in quella stanza dalla volta bassa di legno, dove gli orci di vino erano appesi al davanzale a rinfrescarsi. Cosí aveva fatto Pierino, la guardia di finanza. O cercar Concia tra la folla variopinta, imbaldanzito e scusato dal vino. Stefano invece s'era chiuso con gli altri e aggirato con gli altri, ma staccato da loro, a cogliere qualcosa che il baccano e le risate e la musica rozza turbavano soltanto per una labile giornata. Quella finestra bassa aperta nel vuoto alla nuvola azzurra del mare, gli era apparsa come lo sportello angusto e secolare del carcere di quella vita. C'erano donne e vecchi lassú, fra quelle muraglie scolorite e calcinate, che non erano mai usciti dalla piazzetta silenziosa e dalle viuzze. Per essi l'illusione che tutto l'orizzonte potesse scomparir dietro una mano, era reale.

Stefano da dietro il ventaglio delle carte studiava le facce dei giovani, che avevano smesso di parlare. Qualcuno di loro era nato lassú. Le famiglie di tutti scendevano di lassú. Quegli occhi vividi e cigliati, la fosca magrezza di qualcuno, parevano rianimarsi di tutte le brame sofferte in quella tana e in quel carcere solitario e isolato nel cielo. Il loro sguardo e sorriso sollecito pareva lo slargo di una finestretta.

– Mi è piaciuto il paese, – disse Stefano, giocando una carta. – Somiglia ai castelli che sovrastano ai nostri.

– Ci abitereste, ingegnere? – disse il giovane bruno sorridendo.

– Si vive dappertutto, anche in prigione, – osservò Fenoaltea.

– Lí starei bene con le capre, – disse Stefano.

Ecco la pena che aveva nel cuore. La sua ragazza era Concia, l'amante di un sudicio vecchio e la libidine dei ragazzini. Ma l'avrebbe voluta diversa? Concia veniva da luoghi anche piú rintanati e solitari che il paese superiore. Ieri, contemplando un balcone dalle latte di gerani, Stefano gliel'aveva dedicato respirando voluttuosamente l'aria lucida e forte che gli ricordava quell'elastico passo danzante. Persino le sudice stanze basse dalle madie secolari festonate di carta rossa o verde, e dagli scricchiolii del tarlo, giuncate di pannocchie e ramulivi come stalle, supponevano il suo viso caprino e la sua fronte bassa, e una torva e secolare intimità.

– Avete visto don Giannino Catalano? – disse Fenoaltea raccogliendo le carte. – Tocca a voi, ingegnere.

– Non è venuto perché aveva una visita, – disse Stefano.

– Lui ha sempre da fare, nelle feste, – disse Vincenzo gravemente. – Chiedete a Camobreco che ne pensa, delle sue visite.

– Camobreco è il vecchio orefice, – spiegò Gaetano, – che l'anno scorso gli ha tirato un colpo di rivoltella dalla finestra della stanza da letto. Mentre il vecchio contava i denari, don Giannino Catalano gli godeva la moglie. L'hanno poi aggiustata dicendo che di notte gli era parso un ladro.

– O ci credete voi? – disse uno.

– Nessuno ci crede, ma Camobreco per vivere in pace vuole che sia un ladro. Ingegnere, prima che andiate, una parola.

Gaetano l'accompagnò verso la spiaggia. Sotto il sole sudaticcio Stefano tentava di proseguire per spogliarsi al piú presto, mentre il compagno lo tratteneva per un braccio.

– Venite a bagnarvi, Fenoaltea, – disse Stefano. Gaetano si fermò tra due case che gettavano ombra.

– Voi pigliate l'abitudine del mare: come farete quest'inverno? – disse.

– Se ne prendono tante. Sono la sola compagnia.

– E le donne, ingegnere, come ne fate senza? Non avevate l'abitudine?

Stefano sorrise. Gaetano, appoggiato al muro, gli palpeggiava il bavero fra le dita della destra.

– Vi lascio andare, ingegnere, al vostro bagno. Ma volevo avvertirvi. Sono quattro mesi, vero? che voi mancate da casa. Siete un uomo?

– Basta non pensarci.

– Scusate, non è una risposta. Volevo avvertirvi. Non fidatevi di don Giannino Catalano. Se vi serve una donna, dite a me.

– Che c'entra?

Gaetano si mosse sulla sabbia della stradicciola, riprendendo a braccetto Stefano, e all'angolo apparve il mare.

– Vi piace veramente quella serva, ingegnere?

– Quale?

– Concia, via, che vi pare una capra. Sí...?

Nell'aria immobile Stefano si fermò. Disse improvvisamente: – Fenoaltea...

– Non vi agitate, ingegnere, – e la mano grassoccia gli corse il braccio a carezzargli la mano. – Volevo avvertirvi che, nella casa dove serve, ci bazzica don Giannino Catalano, che non è uomo da spartire una donna. Specialmente con voi, che non siete di qua.

Quel giorno nell'acqua c'era una banda di ragazzini: due, specialmente, che si contendevano a spruzzi lo scoglio. Stefano seduto sulla sabbia li guardava svogliato. Strillavano nel loro dialetto, nudi e bruni come frutti di mare; e di là dalla spuma tutto il mare appariva a Stefano un paesaggio vitreo, clamoroso a vuoto, davanti a cui tutti i suoi sensi si ritraevano, come l'ombra sotto le sue ginocchia. Chiuse gli occhi, e gli passò innanzi la nuvoletta della pipa di Giannino. La tensione divenne cosí dolorosa, che Stefano si alzò per andarsene. Un ragazzo gli strillò qualcosa. Senza voltarsi Stefano risalí la spiaggia.

Stefano temeva che nel pomeriggio Elena venisse a trovarlo. L'aveva tanto desiderata, e carnalmente, quella mattina ridestandosi nel letto; e ora non voleva piú saperne. Voleva essere solo, rintanato. Gli ballavano intorno le facce degli altri, ridenti vaghe clamorose sciocche, come nella gazzarra del giorno prima; attente e ostili come ai primi tempi, come un'ora fa. Gli occhi pieni d'intrigo, quelle dita insinuanti, gli facevano raggricciare la pelle. Sentiva parti di se stesso in balia altrui. Quell'Elena che gli dava del tu e aveva il diritto di rimproverarlo con gli sguardi; il suo cuore segreto scioccamente sciorinato all'osteria; le angosce della notte in pieno sole. Stefano chiudeva gli occhi e induriva la faccia.

Camminò quasi di corsa, lungo il terrapieno. Passò davanti alla casa di Concia, senza voltarsi. Quando fu lontano, davanti al cielo vuoto, sapeva che alle sue spalle il poggio sorgeva a picco, e capí di fuggire.

Alla sua destra c'era il mare monotono. Si fermò a capo chino, e il pensiero di aver avuto paura lo calmò. Ne vide subito l'assurdo. Comprese che Gaetano aveva parlato per invidia, per sostituirsi a Giannino. Divenne tanto lucido che si chiese perché tanta angoscia se questo l'aveva già capito parlando ancora Gaetano. La risposta era una sola, e lo fece sorridere: le pareti invisibili, l'abitudine della cella, che gli precludeva ogni contatto umano. Erano queste le angosce notturne.

Alta, sul poggio dalla cima bianca, c'era una nuvoletta. La prima nube di settembre. Ne fu lieto come di un incontro. Forse il tempo sarebbe cambiato, forse avrebbe piovuto, e sarebbe stato dolce sedersi davanti all'uscio, guardando l'aria fredda, sentendo il paese attutirsi. In solitudine, o con Giannino dalla buona pipa. O forse nemmeno Giannino. Starsene solo, come dalla finestra del carcere. Qualche volta Elena, ma senza parlare.

Elena non parlava molto. Ma guardava Stefano cercando di sorridergli con uno struggimento che la sua età rendeva materno. Stefano avrebbe voluto che venisse al mattino e gli entrasse nel letto come una moglie, ma se ne andasse come un sogno che non chiede parole né compromessi. I piccoli indugi d'Elena, l'esitazione delle sue parole, la sua semplice presenza, gli davano un disagio colpevole. Accadevano nella stanza chiusa laconici colloqui.

Una sera Elena era appena entrata, e Stefano per starsene solo, piú tardi, a fumare in cortile, le diceva che forse fra un'ora sarebbe venuto qualcuno – Elena spaventata e imbronciata voleva andarsene subito, e Stefano la tratteneva carezzandola – si sentí un passo e un respiro dietro i battenti serrati e una voce chiamò.

– Il maresciallo, – disse Elena.

– Non credo. Lasciamoci vedere: non c'è nulla di male.

– No! – disse Elena atterrita.

– Chi è? – gridò Stefano.

Era Giannino. – Un momento, – disse Stefano.

– Non importa, ingegnere. Domani vado a caccia. Venite anche voi?

Quando Giannino se ne andò, Stefano si volse.

Elena era in piedi tra il letto e il muro, nella luce cruda, con gli occhi perduti.

– Spegni la luce, – balbettò.

– È andato...

– Spegni la luce!

Stefano spense, e le venne incontro.

– Vado via, – disse Elena, – non tornerò mai piú.

Stefano si sentí male al cuore. – Perché? – balbettò. – Non mi vuoi bene? – La raggiunse attraverso il letto e le prese una mano.

Elena divincolò le dita, serrandogliele convulsa. – Volevi aprire, – mormorò, – volevi aprire. Tu mi vuoi male –. Stefano le prese il braccio e la fece piegare sul letto. Si baciarono.

Quella volta non ebbero quasi da rivestirsi. Vennero allacciati dietro la porta e Stefano le parlava all'orecchio. – Tornerai, Elena, tornerai? Dobbiamo fare cosí: vieni soltanto se passo in negozio a salutare... Anzi, Elena, vieni al mattino presto, quando nessuno si muove ancora. Cosí siamo sicuri. Non ti vede nessuno. Se qualcuno venisse, ma non viene, possiamo fingere che mi facevi la stanza... Va bene? Vieni un momento quando sono ancora a letto e scappi subito. Piace anche a te venire, no?

Certo Elena sorrideva. A un tratto Stefano si sentí nell'orecchio quella voce un po' goffa ma calda: – Sarai contento se vengo soltanto un momento? Non ti piacerebbe passare una notte intiera con me?

– Sono selvatico, lo sai, – disse subito Stefano, – c'è il suo bello anche a fare cosí. Non venire di notte. Ti voglio bene cosí.

Poco dopo, solo nell'ombra, passeggiando e fumando, Stefano pensò all'indomani e alla voce scherzosa di Giannino. Dei minuti goduti con

Elena gli restava una stanchezza obliosa, sazia, quasi un ristagno del sangue, quasi che tutto, nel buio, fosse accaduto in sogno. Ma sentiva il rancore di averla pregata, di averle parlato, di averle scoperto, sia pure per finta, qualcosa di sincero, di tenero. Si sentí vile e sorrise. «Sono un tipo selvatico». Ma bisognava dirle, e fosse pure ingenuo, che ogni loro contatto finiva con quella stanchezza, con quella sazietà. «Che non si creda di farmi da mamma».

Pensava alla voce di Giannino, che sarebbe venuto a chiamarlo prima dell'alba. Era vero, di Concia? Pensò se invece d'Elena, avesse avuto Concia nella stanza. Ma il suo sangue attutito non ebbe sussulti. «Sarebbe lo stesso, nemmeno lei non è selvatica, vorrebbe che l'amassi: e allora dovrei stare in guardia anche da Giannino». Chi poteva sapere quanto sotto la sua gentilezza Giannino fosse feroce? Non era di quella terra? Stefano preferiva abbandonarsi, e sapere che l'indomani lo avrebbe veduto, gli avrebbe parlato, sarebbero andati insieme chi sa dove.

Invece l'indomani, nella camminata antelucana lungo il mare, Stefano pensò molto a Concia e la vide selvatica, la vide inafferrabile, disposta a cedersi una volta e poi fuggire; mentre a un uomo come Giannino – cartuccera e denti bianchi nella penombra –, era forse asservita e devota, come l'amante di un bandito.

Giannino gli disse ridendo che si scusava di averlo disturbato la sera prima.

– Perché? – si stupí Stefano.

– Non per voi, ingegnere, ma so che in questi casi le donne fanno il diavolo e minacciano d'andarsene. Non vorrei avervi disturbato.

Veniva un fiato tiepido dal mare, che smorzava le parole e alimentava una dolcezza inesprimibile. Tutto era vago e tiepido e, pensando che a quell'ora lo coglievano le angosce, Stefano sorrise e disse piano:

– Non mi avete disturbato.

Passarono sotto la casa di Concia, dalla parte del mare. La casa era pallida e chiusa, in attesa del giorno, che l'avrebbe ridestata forse per prima, di tutta la marina. Senza fermarsi, Giannino piegò bruscamente a sinistra. – Prendiamo lo stradale, – disse. – Risaliremo la fiumara. Vi va?

Sull'alto del terrapieno tremolavano fili d'erba. Stefano cominciò a intravedere la cacciatora grigia di Giannino, come gli era apparsa un momento sulla soglia della stanza illuminata. Inerpicandosi dietro a lui, indovinò pure le scarpacce a mezza gamba, dov'erano inzeppati i calzoni.

– Mi sono vestito in giacchetta, come ieri, – disse poco dopo.

– L'essenziale è non sporcarsi.

Ai primi chiarori camminavano ancora verso l'interno, sotto i salici del greto. Il fucile, trasversale alla schiena di Giannino, oscillava ai suoi passi. C'erano nubi e fiamme rosee alla rinfusa, sul loro capo.

– Brutta stagione per la caccia, – disse Giannino senza voltarsi. – Non è piú estate e non è ancora autunno. Troveremo qualche merlo o qualche quaglia.

– Per me è lo stesso. Vi starò a vedere.

Erano fra due poggi dove Stefano non era stato mai. Le poche piante e i cespugli cominciavano a uscire dall'ombra. La vetta nuda di un poggio si schiariva in un cielo sereno.

– È ancora estate, – disse Stefano.

– Preferirei la pioggia e il vento. Porterebbero le starne.

Stefano avrebbe voluto sedersi e lasciare che l'alba sorgesse dall'immobilità: vedere lo stesso cielo, gli stessi rami, lo stesso declivio impallidire e arrossare. Camminando, la scena mutava; e non era piú l'alba a sgorgare dalle cose, ma le cose a succedersi. Solamente da una finestra o da una soglia Stefano amava goder l'aria aperta.

– Catalano, fumiamo una volta.

Mentre Stefano accendeva, Giannino esaminava le vette delle piante. Un cinguettio solitario saliva dal folto.

Stefano disse: – Siete sicuro, Catalano, che con me ci fosse una donna?

Giannino gli volse la faccia contratta, col dito sul labbro. Poi sorrise in risposta. Stefano gettò il cerino nell'erba bagnata e cercò da sedersi.

Finalmente, Giannino sparò. Sparò fulmineamente al cielo, al mattino, alla tenebra che fuggiva, e il silenzio che seguí parve solare: l'alto silenzio del meriggio trasparente sulla campagna immota.

Uscirono dalla radura, e Stefano stesso ora precedeva tendendo l'orecchio.

– Andiamo sulla collina, – disse Giannino, – ci sarà qualche quaglia.

Salirono il declivio nudo, giallastro di stoppia. C'erano molti sassi, e la vetta tonda era piú lontana che alta. Stefano osservava sui ciglioni certi lunghi steli violacei palpitanti.

– Non siete mai venuto quassú? – disse Giannino. – Questa è la nostra terra. Non dà nemmeno selvaggina.

– Avete il mare che dà pesce.

– Abbiamo quaglie che nude son belle. Quella è l'unica caccia che ci può appassionare.

– Forse è per questo che non fate altro, – rispose Stefano, ansante.

– Volete sparare? Là, dietro quel sasso: c'è una quaglia. Tirate.

Stefano malsicuro non vedeva dove, ma Giannino gli posò il fucile tra le mani e lo fece puntare, accostandogli la gota alla sua.

Qualcosa infatti volò via, alla detonazione. – Non è il mio mestiere, – disse Stefano.

Giannino gli tolse il fucile, e sparò un altro colpo. – L'ho colta, – disse. – L'avevate snidata.

Mentre cercavano fra la stoppia, udirono lontano un secco colpo echeggiante. – Qualcun altro si diverte, – disse Giannino. – Eccola, è solo ferita.

Un sasso bruno come gli altri sussultava sul terreno. Giannino gli corse addosso, lo ghermí, e raddrizzandosi lo sbatté a terra come una frustata. Poi lo raccattò e lo tese a Stefano.

– Siete crudele, – disse Stefano.

– Dite che fa caldo, – rispose Giannino asciugandosi il collo.

C'era tuttavia un po' di brezza che muoveva gli steli sui ciglioni. Stefano distolse gli occhi e vide lontano il sole sul mare.

– Andiamo, – disse Giannino, ficcandosi in tasca la bestiola.

Non trovarono piú altro, e ridiscesero sudati e indolenziti sul greto. Tutte le piante erano sveglie e gettavano ombra.

– Adesso fumiamo, – disse Giannino, sedendosi.

Raggi di sole filtravano obliqui, e si riempirono di fumo, come seta marezzata. Giannino schiudeva appena le labbra, e il fumo azzurro usciva adagio, quasi il fresco dell'aria lo condensasse: sentiva di salice amaro.

– Lo sapete che cos'è da noi la quaglia? – disse Giannino socchiudendo gli occhi. Stefano lo fissò per qualche istante. – Vado anch'io a questa caccia, – rispose impassibile.

Giannino sorrise con malizia e si frugò in tasca. – Prendete, ingegnere, l'avete quasi uccisa voi.

– No.

– Perché? Ve la farete cucinare dalla vostra padrona. Dalla figlia, via, che cosí potrà dire di avervi servita la quaglia.

Di rimando Stefano disse: – Spetta a voi, Catalano. Non avete nessuna che vi possa servire una quaglia?

Giannino rise silenzioso. – Ingegnere, prendete. Dopo l'indigestione di quaglia che vi si legge in faccia, vi farà bene. Ma questa vuole il pepe, perché sa di selvatico.

– Mi sembrerebbe di farvi le corna, – disse Stefano, respingendo la mano.

Giannino rise, nella sua barbetta, scompigliando le venature dei raggi. – Se vi piacesse, perché no? Nessuno potrebbe impedirvi.

Improvvisamente Stefano si sentí felice. Si sentí libero dal corpo d'Elena, capí che avrebbe fatto a suo piacere e l'avrebbe tenuta o respinta con un semplice gesto. Quel facile pensiero che ogni donna portava una quaglia, lo riempí d'ilarità. Si afferrò a quel pensiero per stamparselo dentro, ben sapendo che un nulla sarebbe bastato a disperdere quella gioia, ch'era fatta di nulla. L'ora insolita, l'arresto del tempo, il mattino consueto col suo bagno nel mare e la sua pausa all'osteria, veduto da lontano dipendere da un gesto, gli davano questa gioia. Bastava Giannino, bastava l'alba, bastava pensare a Concia. Ma già il pensiero che bastava ripetere l'istante per sentirsi felice – cosí nascono i vizi – dissolveva il miracolo. «Anche Concia è una quaglia, anche Concia è una quaglia», si ripeteva inquieto e felice.

Mentre tornavano attraverso la campagna nel gran sole, Stefano sapeva che la fresca radura non si sarebbe piú staccata nel suo cuore da quella sciocca idea; cosí come la fulva parola dello scherzo di Giannino s'era incarnata nel corpo di Concia per sempre. Sentí di amare quella gente e quella terra, soltanto per questa parola.

– Scusatemi, Catalano... – ma l'interruppe un cane da caccia che sbucò sul sentiero e si precipitò contro Giannino. – Ohilà, Pierino! – gridò Giannino, fermando il cane per il collare, senza guardarlo. Una voce rispose, innanzi a loro.

Dove il sentiero si congiungeva con lo stradale che discendeva dal monte, trovarono ritto in attesa, col fucile e la mantella, la guardia di finanza. Il cane corse avanti festoso.

Presero insieme lo stradale del ritorno.

– Ingegnere, anche voi cacciatore? – vociò il giovanotto.

Stefano se lo ricordò a capo scoperto, riottoso e invermigliato, quella sera della festa. Adesso lo sguardo era amarognolo, come le sue mostrine.

– Beato chi vi rivede, – gli disse.

Quel Pierino socchiuse un occhio e si volse a Giannino. – Debbo aver veduto uno di voi da solo. Quando?

Stefano pensò a quei rauchi e sonori muggiti che il giovane aveva levato sotto le stelle, prima di stramazzare nel fosso, tanto che non solo un gruppetto di ragazze guidate dal prete, ma pure Vincenzo e altri che prima cantavano, s'eran lasciati sdrucciolare dalla costa, quasi a fuggire ogni imputazione di complicità. Anche Stefano se n'era allontanato, ma godendo in quel buio un improvviso ricordo dell'infanzia remota, quando scendevano dalle colline gli ubriachi e passavano in clamore sotto la villa.

– Stavo chiedendo a Catalano perché non è venuto alla festa, – disse Stefano. – Voi vi siete divertito, pare.

– Catalano lavora sott'acqua, – disse Pierino.

Stefano disse: – Naturale. Chi beve in questo paese?

– Fa troppo caldo.

– Noi siamo piú innocenti, – disse Stefano, – delle due preferiamo un po' di vino.

Giannino taceva sornione.

Pierino sorrise, compiaciuto. – È un vino che dà i reumatismi. Parola, non credevo di addormentarmi cosí caldo e ridestarmi cosí freddo.

– Colpa vostra, – disse Stefano. – Dovevate pigliarvi nel fosso una delle ragazze del prete.

– E voi lo faceste?

– Io? no... Sono stato ad ascoltarvi quando dicevate di essere in Maremma e di chiamare i bufali.

Giannino rideva. Anche Pierino ridacchiò, e chiamò il cane. – Tristo paese, – brontolò poco dopo; – dove per stare allegri bisogna imbestiarsi...

Quel pomeriggio, quando fu solo nella stanza, Stefano si distese sul letto di botto; non piú solamente per tedio. I suoi futili libri sul tavolino non gli dissero nulla. Era cosí lontano il suo mestiere: ci sarebbe stato tempo. Pensò alla mattinata e alla sua gioia, di cui gli restava un sapore di corpo di donna, che avrebbe sempre potuto rievocare nella tristezza. Se Elena non veniva in quel pomeriggio, voleva dire che l'aveva vinta lui, ch'eran d'accordo, che non gli avrebbe piú fatte quelle scene di spavento, ma accettava di fargli da corpo senza chiedergli nulla.

Si ridestò verso sera dentro un'aria immobile che lo svegliò perché fresca. Ritrovò prima il paese che se stesso, come se lui dormisse ancora, e una placida vita di bambini, di donne e di cani si svolgesse sotto la brezza della sera. Si sentiva irresponsabile e leggero, quasi il ronzio di una zanzara. La piazzetta trasparente avanti al mare doveva essere gialla di tramonto. Davanti all'osteria c'eran tutti, pronti al gioco e ai discorsi cortesi. Non si mosse, per trattenere quell'attimo; mentre lasciava adagio che affiorasse dal profondo una certezza anche piú bella. Che non dormiva piú e che quella pace era dunque reale. Che il carcere era ormai tanto remoto, che poteva tornarci nel dormiveglia con calma.

Gli occhi d'Elena cupi e imbronciati come la voce – che nella tenebra e nell'orgasmo dei loro incontri serali aveva quasi dimenticati – Stefano li rivide la mattina dopo. La sera, inquieto, era passato dalla bottega della madre che prima evitava, per far sentire a Elena che si ricordava di lei. Ma Elena non c'era, e con la vecchia infagottata e immobile, che parlava un dialetto dell'interno, si capivano a fatica. Stefano aveva lasciato il pentolino del latte, piú come pensiero che come pretesto perché Elena glielo portasse l'indomani. Sinora Stefano aveva chiesto il latte la mattina presto al capraio che passava col gregge.

Elena venne dopo l'alba, quando Stefano masticava già un pezzo di pane asciutto. Si fermò timida sull'uscio col pentolino in mano, e Stefano capí che s'era peritata di trovarlo ancora a letto.

Stefano le disse di entrare e le sorrise, togliendole dalle mani il pentolino con una carezza furtiva che doveva farle comprendere che quel mattino non sarebbero stati nel caso di chiudere le imposte. Anche Elena sorrise.

– Mi vuoi sempre bene? – disse Stefano.

Elena abbassò gli occhi, impacciata. Stefano allora le disse che era contento di stare un poco con lei anche senza baciarla, lei che credeva che non volesse che quello. E doveva perdonargli se era un poco brusco e selvatico, ma da tanto tempo viveva solo, che certe volte odiava tutti.

Elena lo guardava cupa e intenerita, e gli disse: – Vuole che faccia pulizia?

Stefano le prese la mano ridendo e le disse: – Perché mi dài del lei? – e l'abbracciò e la baciò mentre Elena si dibatteva perché la porta era aperta.

Poi Elena chiese: – Vuoi che ti scaldi il latte? – e Stefano disse che quello era un lavoro da moglie.

– L'ho fatto tante volte, – disse Elena con malumore, – per chi non aveva nemmeno riconoscenza.

Stefano, seduto contro il letto, accese la sigaretta ascoltando. Era strano che quelle accorate parole salissero dal corpo che la sottana bruna copriva. Mentre accudiva il pentolino sul fornello, Elena si lagnava di quel marito che aveva avuto; ma Stefano non poteva accordarne la voce e gli sguardi esitanti al ricordo della bianca intimità. Nel dolce profumo caprigno che saliva dal fornello, Elena si faceva tollerabile, diventava una donna qualunque ma buona, un'inamabile e rassegnata presenza come le galline, la scopa o una serva. E allora illudendosi che tra loro non ci fosse nulla se non quello sfogo modesto, Stefano riusciva a condividere il discorso e a godersi in cuore una pace insperata.

Elena cominciò a riordinare la stanza, sloggiando Stefano dalla sponda del letto. Stefano bevve il suo latte, e poi prese ad arrotolare le mutandine da bagno in un asciugamano, Elena era giunta scopando alla cassa dov'era la valigia della roba, e vi girò intorno la scopa, levò gli occhi, e disse bruscamente:

– Hai bisogno di un armadio per stendere la biancheria. Devi disfare la valigia.

Stefano fu stupito di non trovare obiezioni. Tanto tempo l'aveva tenuta là sopra, pronta a chiuderla e a ripartire: per dove? Cosí aveva detto anche a Giannino, intendendo il carcere, intendendo quel foglio che poteva arrivare e riammanettarlo e ricacciarlo chi sa dove. Ora non ci pensava piú.

– La voglio lasciare dov'è.

Elena lo guardò con quella sua sollecitudine imbronciata. Stefano sentiva di non potersene andare cosí, di dover chiudere la mattinata con un poco d'amore; e non voleva, intendeva non dargliene l'abitudine, stava indeciso sulla soglia.

– Va' va', – disse Elena, imporporandosi, – va' a fare il bagno. Tu stai sulle spine.

– Lo vedi che al mattino siamo soli, – balbettò Stefano. – Verrai sempre al mattino?

Elena agitò la mano, evasiva, come in risposta, e Stefano se ne andò.

Le giornate erano ancora tanto lunghe che bastava fermarsi un momento a guardarsi dattorno, per sentirsi isolati come fuori del tempo. Stefano aveva scoperto che il cielo marino si faceva piú fresco e come vitreo, quasi ringiovanisse. A posare il piede nudo sulla sabbia, pareva di posarlo sull'erba. Ciò avvenne dopo un groppo di temporali notturni, che gli allagarono la stanza. Ritornò il sereno, ma a mezza mattina – ora andava piú presto alla spiaggia perché molti dei piú assidui all'osteria lo annoiavano, e Giannino e qualche altro passavano soltanto a mezzodí – l'incendio, la lucida desolazione della canicola, erano ormai cosa lontana. Certe mattine Stefano s'accorgeva che grosse barche da pesca, a secco sulla sabbia e avvolte di tela, erano state spinte in mare nella notte; e non di rado i pescatori, che non aveva mai visto prima, si lasciavano sorprendere a smagliare reti ancor umide.

In quell'ora piú fresca veniva sovente Pierino, la guardia di finanza. A vedergli le membra muscolose poco piú che ventenni, Stefano pensava con invidia al nero sangue che doveva nutrirle e si chiedeva se quel torello toscano non avesse una donna anche lui. La parlantina non gli mancava. Quello era sí un corpo fatto per Concia. Fu in questi pensieri che un giorno rifletté che Giannino non aveva mai fatto il bagno in mare con loro. Perfino Gaetano era venuto, biondo e carnoso; Giannino mai. Doveva esser ispido e magro, si disse Stefano, contorto e nodoso, come piacciono alle donne. Forse le donne non guardavano ai muscoli.

Discorrendo con Pierino sullo scoglio, Stefano scherzava. – Siete anche voi sedentario, – gli disse un mattino con intenzione. Ma quello non ricordò.

– Ne avremo per poco, di villeggiatura, – riprese, mostrando col mento una lanugine biancastra nel cielo del poggio. – Mi hanno detto che l'inverno è da lupi, qui.

– Macché, a gennaio ho già fatto i bagni.

– Voi avete altro sangue, – disse Stefano.

– E voi, avete la terzana?

– Non ancora, ma la prenderò queste notti.

– Guardate che paese! – disse Pierino con viso di scherno, allargando le braccia verso la riva.

Stefano sorrise. – A conoscerlo bene, è un paese come gli altri. Ci sono da quattro mesi e già mi pare tollerabile. Siamo qui in villeggiatura.

Pierino taceva, a testa bassa: pensava ad altro. Stefano si guardò la spuma sotto i piedi, nel mare oscurato da un passaggio di nubi.

– Lo vedete che paese! – ripeté Pierino e gl'indicò certi punti neri disseminati nel mare in una chiazza di sole, sotto l'ultima lingua di spiaggia. – Lo vedete! Quello è il reparto femmine.

– Forse sono ragazzi, – borbottò Stefano.

– Macché, quell'è la spiaggia delle donne, – disse Pierino alzandosi. – Che si credono poi di portare nel grembo, quelle donne? Se nessuno le tocca, non saranno mai donne.

– Vi assicuro che qualcuno le tocca, – rilevò Stefano. – Tante case in paese, tanti bei toccamenti. Queste cose succedono. Chiedetene a Catalano.

– A voi piacciono le donne di qui? – disse Pierino, disponendosi a saltare.

Stefano storse la bocca. – Se ne vedono poche...

– Sembrano capre, – disse l'altro, e si tuffò.

Mentre si rivestivano a riva, Stefano disse ridendo: – Ce n'è una, la piú capra di tutte, che sta nella casa grigia fuori del paese, dopo il ponte. La conoscete?

– La casa Spanò? – disse Pierino fermandosi.

– Quella coi gerani alla finestra.

– È quella. Ma, scusate, non capisco il paragone. È una donna di sangue sottile e di fattezze regolari. Come la conoscete?

– L'ho veduta portare la brocca alla fontana.

Pierino si mise a ridere. – Voi avete veduta la serva.

– Infatti...

– Come, infatti? Si parla di Carmela Spanò, e vi posso anche dire ch'è promessa a Giannino Catalano.

– Concia...?

Quando giunsero all'osteria tutto era chiaro, e Stefano sapeva perché tanti sorrisi e sarcasmi avevano accolto la sua fatuità quel mattino dopo la festa, all'osteria. Tutti avevano mentalmente confrontato le sue grosse parole sulla serva con l'ignota padrona di casa; e il nome di Giannino era venuto ad aumentare la malizia della cosa.

– Questa Concia l'ho vista una volta, – disse Pierino, – e non mi è parsa cosí schifa come a voi. Direi piuttosto che ha un'aria di zingara.

Usciva allora Gaetano sulla soglia e dovette sentire, perché gli si acuirono gli occhietti. Stefano entrò noncurante.

Mentre in piedi scorreva il giornale spiegazzato sul tavolo, venne la vecchia ostessa e gli disse che era passato il maresciallo poco prima e aveva chiesto di lui.

– Per che cosa?

– Pare che non avesse fretta.

Stefano sorrise, ma gli tremarono le gambe. Una mano gli strinse la spalla. – Coraggio, ingegnere, voi siete innocente –. Era Gaetano che rideva.

– Insomma, è venuto sí o no?

Due altri della compagnia che già si facevano un caffè nell'angolo, levarono il capo. Uno disse: – State in guardia, ingegnere. Il maresciallo ha le manette elettriche.

– Non ha lasciato detto niente? – chiese Stefano, serio. La padrona scosse il capo.

La partita di quella mattina fu esasperante. Stefano stava sulle spine, ma non osava cessare. Salutò Giannino con un cenno quando venne, e gli parve di guardarlo con occhi ostili: ne incolpò il dispetto di esser stato tenuto all'oscuro del fidanzamento. Ma sapeva ch'era invece il disagio di un altro segreto, di quel foglio di carta che il maresciallo aveva forse già nelle mani, e l'avrebbe, inesorabile, riportato nel carcere. Dentro l'angoscia di questo pensiero, anche quello di Concia cominciò a tormentarlo: se davvero Giannino non aveva avuto occhi per lei, non aveva piú scuse e doveva tentare. Sperò sordamente che non fosse vero; si disse che Giannino l'aveva sedotta, che l'aveva abbracciata sotto una scala almeno, durante le visite all'altra. Perché se proprio nessuno l'aveva mai desiderata, le sue passate fantasie diventavano infantili, e avevano avuto ragione i sarcasmi di tutti.

Giannino, piegato sulle carte di Gaetano, gli diceva qualcosa. Stefano buttò le sue e disse forte: – Volete prendere il mio posto, Catalano? Temo che pioverà e ho la casa spalancata –. Uscí, sotto gli sguardi di tutti.

Uscí nel vento polveroso, ma la strada era deserta. Giunse in un attimo davanti alla caserma, tanto i pensieri gli galoppavano in cuore. Sotto la finestra accecata di una cella, era ferma una vecchia con un tegame, come avesse interrotto un colloquio in quell'istante. Aveva i piedi scalzi e nodosi. Da un balcone del primo piano si sporse un carabiniere e gridò qualcosa. Stefano levò la mano e il carabiniere gli disse di attendere.

Gli venne ad aprire in maniche di camicia, ricciuto e ansimante, e gli disse cortese che il maresciallo non c'era. Stefano girò gli occhi nel grande androne nudo che al fondo, sul primo pianerottolo della scala, s'apriva in una finestretta verde di foglie.

– È venuto a cercarmi, – disse Stefano.

Il carabiniere parlò con la vecchia che s'era fatta sulla porta sibilante di vento, e le socchiuse l'uscio in faccia; poi si volse a Stefano.

– Voi non sapete...? – disse Stefano.

In quel momento si sentí la voce, e poi comparve la faccia del maresciallo, alla svolta della scala. Il carabiniere accorse di scatto, tutto rosso, balbettando che aveva chiusa la porta.

– Ingegnere, venite, venite, bravo, – disse il maresciallo, sporgendosi.

Nell'ufficio di sopra, gli tese una carta. – Dovete firmare, ingegnere. È la notifica della denuncia alla Commissione Provinciale. Non capisco come abbiano fatto a mandarvi quaggiú senza notifica.

Stefano firmò, con mano malcerta. – Tutto qua?

– Tutto qua.

Si guardarono un istante, nell'ufficio tranquillo.

– Nient'altro? – disse Stefano.

– Nient'altro, – brontolò il maresciallo sogguardandolo, – se non che finora eravate qui senza saperlo. Ma adesso lo sapete.

Stefano andò a casa senz'avere coscienza del vento. Nell'istante che quella faccia s'era sporta sulla scala, lo aveva squassato come una fitta la speranza che il foglio temuto gli portasse invece la libertà. Traversò il cortiletto, che il cuore gli batteva ancora, e si chiuse la porta alle spalle e camminò nella stanza come dentro una cella.

Contro la parete in fondo al letto, c'era un piccolo armadio verniciato di bianco e, sopra, la sua valigia. Stefano capí che questa era vuota e che tutto il suo vestiario era stato messo dentro l'armadio. Ma, senza stupirsene, continuò a camminare, chiudendo gli occhi, stringendo la bocca, cercando di cogliere un solo pensiero, d'ignorare ogni cosa e stamparsi negli occhi quel solo pensiero. Tante volte l'aveva pensato: il suo sforzo era soltanto d'isolarlo, di drizzarlo come una torre in un deserto. Spietatezza era il pensiero, solitudine, impassibile clausura dell'animo a ogni parola, a ogni lusinga piú segreta.

Si fermò ansimante, col piede su una sedia e il mento sul pugno, e fissò l'armadio di Elena senza fermarcisi. Poi, ci avrebbe pensato. Ogni dolcezza, ogni contatto, ogni abbandono, andava serrato nel cuore come in un carcere e disciplinato come un vizio, e piú nulla doveva apparire all'esterno, alla coscienza. Piú nulla doveva dipendere dall'esterno: né le cose né gli altri dovevano potere piú nulla.

Stefano strinse le labbra con una smorfia, perché sentiva la forza crescergli dentro amara e feconda. Non doveva piú credere a nessuna speranza, ma prevenire ogni dolore accettandolo e divorandolo nell'isolamento. Considerarsi sempre in carcere. Abbassò dalla sedia la gamba indolenzita e riprese a camminare, sorridendo di se stesso che aveva dovuto atteggiarsi in quel modo per ridarsi una forza.

L'armadietto di Elena era là. Ecco la sua poca roba riordinata amorosamente su fogli di giornale spiegati. Stefano ricordò la sera in cui aveva detto a Giannino che non si fidava a disfare la valigia, sentendosi di passaggio. Le immagini di Giannino, di Concia e degli altri, l'immagine del mare e delle pareti invisibili, le avrebbe ancora serrate nel cuore e godute in silenzio. Ma Elena non era purtroppo un'immagine, Elena era un corpo: un corpo vivo, quotidiano, insopprimibile, come il suo.

Stefano avrebbe ora dovuto ringraziarla per la gelosa tenerezza di quel pensiero. Ma con Elena Stefano non amava parlare; quella sorda tristezza che nasceva dalla loro intimità gliela faceva odiare e ripensare nei gesti piú sciatti. Se Elena avesse osato un giorno un gesto, una parola, di vero possesso, Stefano l'avrebbe strappata da sé. E anche quel piacere che si rinnovava tra loro al mattino e che Elena mostrava di ritenere futile, pure godendolo come cosa dovuta, lo snervava e incatenava troppo al suo carcere. Bisognava isolarlo e toglierli ogni abbandono.

L'armadietto era bello e sapeva di casa, e Stefano lo carezzò con la mano per sdebitarsi verso Elena, cercando che cosa dirle.

Già prima, in uno di quegli incontri mattutini, Stefano le aveva detto: – Sai che un giorno andrò via. Sarebbe prudente che non ti affezionassi troppo.

– Non lo so, non lo so perché faccio cosí, – aveva detto Elena dibattendosi; ma poi, riprendendosi e scrutandolo: – Tu saresti contento –. Quando parlava piú accorata, Elena usava una voce cupamente stridula, rustica e casalinga come la sua sottana di panno buttata sulla sedia. Aveva qualche pelo sul labbro, e i capelli attergati e sciatti della massaia che sotto l'alba gira per la cucina in camicia.

Ma Stefano era incontentabile. Piú dello stridore di quella voce, lo indisponeva il sorriso sensuale e beato che invadeva per qualche attimo quelle labbra e quelle palpebre inchiodate sul guanciale.

– Non bisogna guardare, – balbettò Elena una volta.

– Bisogna guardare, per conoscersi.

Nella mattina, le imposte lasciavano filtrare una penombra.

– Basta volersi bene, – disse Elena nel silenzio, – e io ti rispetto come avessimo lo stesso sangue. Tu sai tante cose piú di me – non posso pretendere – ma vorrei essere la tua mamma. Sta' cosí, non dire niente, sta' buono. Quando vuoi essere affettuoso, sei capace.

Stefano stava disteso occhi chiusi e poneva quelle parole lente sulle labbra di Concia e sfiorando il braccio di Elena pensava a quello bruno di Concia.

Questo era accaduto quando fuori era ancora estate. Ma la sera di quel giorno dell'armadio, aveva cominciato a piovere, mentre Stefano attendeva Giannino nell'osteria. Gaetano aveva detto sulla sigaretta: – Non lasciate nulla di aperto, ingegnere? – Poi avevano guardata la pioggia dalla soglia e Giannino era giunto con la barba imperlata. Tutta la strada s'oscurava e si sporcava; rigagnoli d'acqua denudavano i ciottoli, l'umidità giungeva alle ossa. L'estate era finita.

– Qui fa freddo, – disse Stefano. – Nevicherà st'inverno?

– Nevicherà sui monti, – disse Giannino.

– Qui non è l'Altitalia, – disse Gaetano. – Potrete aprire le finestre anche a Natale.

– Però adoperate il braciere. Che cos'è il braciere?

– Se ne servono le donne, – dissero Giannino e Gaetano. Continuò Giannino: – È un bacile di rame, pieno di cenere e di brace, che si sventola e si lascia nella stanza. Poi ci si mettono sopra e stanno calde. Scaccia l'umidità, – disse ridendo.

– Ma un confinato come voi non ne ha bisogno, – riprese Gaetano. – Li fate sempre i bagni?

– Se piove ancora, dovrò smettere.

– Ma qui c'è il sole anche d'inverno. Siamo come in Riviera.

Parlò di nuovo Giannino. – Basta muoversi un po' e l'inverno non lo sentirete. Peccato che non siate cacciatore. Una passeggiata al mattino riscalda tutta la giornata.

– È la sera che mi ammazza, – disse Stefano; – la sera che sto a domicilio e non ho che fare. Quest'inverno dovrò rientrare alle sette. Non posso mica andare a letto a quell'ora.

Disse Gaetano: – Ci andreste, se voleste il braciere che usa tra uomini. Le sere d'inverno sono fatte per questo.

Uscirono, nell'ultima schiarita del crepuscolo, Stefano e Giannino, sullo stradale. – Diventa piccolo il paese, quando piove, – diceva Stefano. – Non si ha piú voglia di uscire dalle case –. I muri delle case erano sporchi e muschiosi, e le soglie di pietra e i battenti corrosi apparivano senza schermo, nella cruda umidità. La luce interiore che l'estate aveva espresso dalle case e dall'aria, era spenta.

– Com'è il mare, d'inverno? – disse Stefano.

– Acqua sporca. Scusate, scendo un momento dalla strada, a dire una parola. Venite anche voi?

Erano sul terrapieno, fermi davanti all'orizzonte immobile e vago, e sotto, a pochi passi, c'era la casa dei gerani.

– È lí che andate?

– Dove volete che vada?

Scesero per una gradinata di terra. Le finestre erano chiuse, la loggetta era piena di lenzuola stese al coperto. Una ghiaia umida scricchiolò sotto i loro piedi. La porta era socchiusa.

– Venite anche voi, – brontolò Giannino. – Se ci siete anche voi, non mi tratterranno –. Stefano udí il tonfo della risacca dietro la casa.

– Sentite, fate voi...

Ma Giannino era già entrato, e palpava un uscio nascosto nell'ombra e sferragliava alla maniglia. Si levò allora un brusio, quasi un canto, da una stanza che s'indovinava chiara e aperta sul mare. S'aperse quell'uscio e, in un fiotto di luce e di vento, comparve una bimbetta scalza.

Una chiara voce di donna gridò qualcosa nel tumulto del vento; e si sentí chiudere con violenza una finestra. La bimbetta gridava aggrappata alla maniglia della porta: – Carmela, Carmela! – e Giannino l'agguantò di peso, chiudendole la bocca. Davanti alla finestra, nella sua veste a righe sporche, c'era Concia, ritta.

– Zitte voialtre, – disse Giannino, avanzandosi nella cucina e deponendo la bimba a sedere sul tavolo. Poi: – Toschina, viene il prete e ti mangia. Devi chiamarla la signora e non Carmela –. Concia rise silenziosa, schiudendo le labbra e rigettandosi indietro i capelli col braccio. La sua bocca era senz'altro beata e carnosa, come supina su un guanciale. – Senti, Concia, dirai domani che mia madre manda a dire che verrà a fare il suo dovere. Dirai che ha parlato con te.

La bimbetta sogguardava Stefano, divincolandosi mentre scendeva dal tavolo con un tonfo. Anche Concia posò gli occhi addosso a Stefano, mentre rispondeva a Giannino parole rapide e gutturali. – Glielo dirò, poverina, ma è tutt'oggi che piange –. La gola bruna sussultava alle parole, come le labbra e gli occhi, ma senza dolcezza. Tant'era bassa la fronte, che quegl'occhi eran quasi deformi. Immobile, l'alta statura dei fianchi non aveva piú né scatto né grazia.

In quel momento la bimbetta che s'era fatta alla porta, l'aprí di furia e scappò vociando. Giannino le saltò alle spalle per prenderla, e scomparve seguito da una risata forte di Concia.

Nel grigio crepuscolo marino, Concia attraversò la cucina col passo di sempre: era scalza. Stefano vide nell'angolo l'anfora consueta. Concia aggiustava qualcosa sul fornello acceso e subito se ne levò un fortore di aromi e di aceto.

Lontano, nella casa, vociavano. Concia si volse senza imbarazzo, col suo gesto di scatto: la luce era già tanto vaga da uniformare su quel viso i toni bruni e carnicini. Stefano continuò a guardarla.

Le voci dal piano superiore tacquero. Bisognava parlare. Le labbra di Concia erano schiuse, pronte a ridere.

Stefano guardò invece la finestra. Girò gli occhi lungo tutta la parete. Era bassa e fumosa, e la luce azzurrina sapeva di carbonella.

– Qui deve far fresco d'estate, – disse infine.

Concia taceva, piegata al fornello, come se non avesse sentito.

– Non avete paura dei ladri?

Concia si volse di scatto. – Voi siete un ladro? – Rideva.

– Sono un ladro come Giannino, – disse Stefano adagio.

Concia alzò le spalle.

Stefano disse: – Non gli volete bene a Giannino?

– Voglio bene a chi mi vuol bene.

Traversò la cucina con un sorriso di compiacimento sdegnoso, e prese una scodella dalla mensola. Tornò al fornello e piegò l'anfora poggiandosela al fianco, e un poco d'acqua traboccò dalla scodella. Muovendosi, camminò sulla stroscia.

Nel vano della porta ricomparve sorniona la bimbetta. Dietro a lei c'era Giannino nell'ombra. Concia si volse appena, quando Giannino disse: – Questa tua bimba va chiusa in pollaio –; e rise brontolando qualcosa. Stefano indovinò dietro Giannino una figura incerta che si ritrasse subito quando Giannino gli disse: – Venite, ingegnere?

Uscirono senza dir parola, nell'aria ancor chiara. Quando furono sul terrapieno, Stefano si volse a guardare la casa, e vide illuminata una finestra. Davanti al mare pallido, pareva la lanterna di una barca già accesa per il largo.

Tacendo Giannino al suo fianco, Stefano, ch'era ancor sudato, ripensava ai sussulti del sangue che tante volte lo avevano cacciato a camminare e cercare un oblio del suo isolamento, nella campagna desolata. Parevano un tempo remoto, quegli immobili pomeriggi d'agosto, un tempo ingenuo e infantile, di fronte alla fredda cautela che ormai l'avvolgeva.

Disse a Giannino taciturno: – Quella bambina che è scappata...

– È la figlia di Concia, – disse Giannino senz'altro.

Naturale. Anche Giannino parlava con calma, e pensava a tutt'altro, fissando le case. Stefano prese a sorridere.

– Catalano, qualcosa non va?

Giannino non rispose subito. Negli occhi chiari non accadde nulla, se non che pensavano ad altro.

– Sciocchezze, – disse adagio.

– Sciocchezze, – disse Stefano.

Si lasciarono davanti all'osteria, nell'alone fragile del primo fanale, sulla strada deserta di bambini. Da qualche sera Stefano rientrava ch'era buio.

Nella stanza Stefano, davanti al letto rimboccato e nitido, pensò ai piedi scalzi di Concia che dovevano sporcare dappertutto dove entravano. Dopo un poco di pane, di olive e di fichi, spense la luce e, a cavalcioni della sedia, guardava il vano pallido dei vetri. Un'umidità vaporosa riempiva il cortile, e l'argine della ferrata era scuro come se dietro non ci fosse una spiaggia. Tanti e tanti pensieri attendevano, che la sera consueta era breve. Nella stanza buia, Stefano fissava la porta.

S'accorse, dopo un poco, di fantasticare l'estate trascorsa, i pomeriggi di silenzio nella torrida stanza, la bava del vento, il fianco ruvido dell'anfora: quando era solo e il ronzio d'una mosca riempiva cielo e terra. Quel ricordo era cosí vivo, che Stefano non sapeva riscuotersi per costringersi a pensare alle cose che lo avevano scosso quel giorno; quando sentí uno scricchiolio, e dietro il vetro comparve il viso scabro di Giannino.

– State al buio? – disse Giannino.

– Cosí per cambiare, – e Stefano richiuse.

Giannino non volle che accendesse la luce e si sedettero come prima. Anche Giannino accese una sigaretta.

– Siete solo, – disse.

– Pensavo che di tutta l'estate i momenti piú belli li ho passati qua dentro, solo come in un carcere. La sorte piú brutta diventa un piacere: basta sceglierla noi.

– Scherzi della memoria, – brontolò Giannino. Poggiò la gota alla spalliera, sempre fissando Stefano. – Si vive con la gente, ma è stando soli che si pensa ai fatti nostri.

Poi rise nervoso. – ... Forse stasera aspettavate qualcuno... Non mi direte che l'avete scelto voi, di venire quaggiú. Non si sceglie il destino.

– Basta volerlo, prima ancora che ci venga imposto, – disse Stefano. – Non c'è destino, ma soltanto dei limiti. La sorte peggiore è subirli. Bisogna invece rinunciare.

Giannino aveva detto qualcosa, ma Stefano non l'aveva udito. Si fermò e attese. Giannino taceva.

– Dicevate?

– Niente. Ora so che non aspettate nessuno.

– Certamente. Perché?

– Parlate in modo troppo astioso.

– Vi pare?

– Dite cose che io direi soltanto se fossi mio padre.

In quell'istante, dietro il vetro sorse ondeggiando un viso pallido. Stefano afferrò il braccio di Giannino e nascose abbassandola la punta rossa della sua sigaretta. Giannino non si mosse.

Il viso intento scorse sui vetri, un'ombra sull'acqua. L'uscio si schiuse e, siccome esitava, Stefano riconobbe Elena. Chiudeva a chiave ogni notte e lei lo sapeva. Doveva crederlo fuori.

Dalla fessura venne il freddo dell'esterno. Il viso esitò un altro poco, sperduto e irreale, poi la fessura si richiuse cigolando. Giannino mosse il braccio e Stefano susurrò: – Zitto! – Se n'era andata.

– Vi ho guastata la sera, – disse Giannino nel silenzio.

– È per via dell'armadio: veniva a farsi ringraziare.

Volgendosi, s'intravedeva nell'ombra la sagoma chiara. Giannino si volse un momento, poi disse: – Non state mica male, di destino.

– D'una cosa siate certo, Catalano: non mi avete guastata la sera.

– Credete? Una donna che non entra quando trova porta aperta, è preziosa –. Gettò la sigaretta e si alzò in piedi. – È cosa rara, ingegnere. E vi fa il letto e vi regala gli armadi! State meglio che ammogliato.

– Su per giú come voi, Catalano.

Credeva che Giannino accendesse la luce, ma non fu cosí. Lo sentí muovere un poco, camminare; e poi lo vide venire alla porta, appoggiarvisi contro, mostrando il profilo sul vetro.

– Vi ha molto seccato, quest'oggi? – chiese con voce atona. – Non capisco perché vi ho condotto in quella casa.

Stefano esitò. – Ve ne ringrazio, invece. Ma credo che voi, vi ci siate seccato.

– Non dovevo condurvi, – ripeté Giannino.

– Siete geloso?

Giannino non sorrise. – Sono seccato. Di ogni donna ci si deve vergognare. È un destino.

– Scusate, Catalano, – disse Stefano pacato, – ma io non so nulla di donne e di voi. Ce ne sono tante in quella casa, ch'ero piuttosto imbarazzato sul contegno da tenere. Se volete vergognarvi, spiegatemi prima il perché.

Scomparve il profilo di Giannino che si volse di scatto.

– Per me, – continuò Stefano, – anche la piccola Foschina è vostra figlia. Non ne so niente.

Giannino rise in quel modo nervoso. – Non è mia figlia, – disse a denti stretti, – ma sarà quasi mia cognata. È la figlia del vecchio Spanò. Non lo sapete?

– Non lo conosco questo vecchio. Non so niente.

– Il vecchio è morto, – disse Giannino, e rise franco. – Uomo robusto, che a settant'anni generava. Era un amico di mio padre e sapeva il fatto suo. Quando è morto, le donne si sono prese in casa la ragazza e la figlia, perché la gente non sparlasse, per fare la guardia alla parente, per gelosia. Le conoscete, le donne.

– Ma no, – disse Stefano.

– L'altra figliuola di Spanò che ha trent'anni, mi tocca per moglie. Mio padre ci tiene.

– Carmela Spanò?

– Vedete che siete al corrente.

– Tanto poco che credevo, scusate, che ve la intendeste con Concia.

Giannino stette un poco taciturno, volto ai vetri.

– È una figliola come un'altra, – disse infine. – Ma è troppo ignorante. L'ha tolta il vecchio dalle carbonaie. Ci voleva la vecchia Spanò per pigliarsela in casa.

– È arrogante?

– È una serva.

– Però è ben fatta, a parte il muso.

– Dite bene, – disse Giannino pensoso. – È stata tanto nelle stalle e a guardare le pecore, che ha un poco il muso della bestia. Eravamo bambini, quando andavo col vecchio Spanò alla montagna, e lei s'alzava la sottana per sedersi a pelle nuda sopra l'erba come i cani. È la prima donna che ho toccato. Sulle natiche aveva il callo e la crosta.

– Però! – disse Stefano. – Qualcosa avete fatto.

– Sciocchezze, – disse Giannino.

– E adesso ce l'ha ancora quel callo?

Giannino chinò il capo, imbronciato. – Ne avrà degli altri.

Stefano sorrise. – Non capisco, – disse dopo un lungo silenzio, – di che cosa vi dobbiate vergognare. La vostra fidanzata non ha nulla da spartire con costei.

– Lo credo, – disse Giannino di scatto, – vi pare? Non mi volterei nemmeno indietro, se non fosse cosí. Ci conoscete, no? – rise in quel modo. – Nemmeno ci pensavo a quella serva.

– E allora?

– Allora mi secca di venire trattato come una fidanzata. Conosco abbastanza le donne da sapere il mio dovere e quando si vanno a trovare e quando no. Una sposa non è un'amante e ad ogni modo è una donna, e dovrebbe capirlo.

– Però le volevate dare un cane, – disse Stefano.

– Che intendete? Non farmi vedere?... Certamente! Non spettava a lei mettermi su la cognata che l'avvertisse.

– La cognata sarebbe Foschina?

– Toschina.

Dopo un poco Stefano cominciò a ridere. Un riso agro, a denti stretti, che per nasconderlo si morse il labbro. Pensava a Concia accovacciata sulle pietre, nuda e bruna; a una Carmela accovacciata sulle pietre, bianchissima e smorfiosa di ribrezzo. S'accorse degli occhi di Giannino e balbettò a casaccio:

– Se la bambina vi dà noia, perché non dite alla vostra fidanzata che, da ragazzo, avete visto le natiche a Concia? Le caccerebbero di casa.

– Voi non ci conoscete, – disse Giannino. – Il rispetto del vecchio Spanò tiene unita la casa. Siamo tutti gelosi per Concia.

Di nuovo parve a Stefano che tanti pensieri l'attendessero, che tante futili cose gli fossero accadute; ma non sapeva indursi a meditarle, e fissò gli occhi sulla porta. Il passo di Giannino frusciò nel cortile, poi si smorzò sul sentiero che saliva, costeggiando la casa, allo stradale. Per l'umido vano della porta giunse il tonfo del mare.

Giannino gli aveva lasciato un sentore azzurrognolo di pipa, quasi pigiasse nel bocciuolo per fumarla la sua stessa barbetta. Misto al fresco della notte, quel filo diffuso sapeva d'estate trascorsa, matura, di afe crepuscolari e di sudore. Il tabacco era bruno, come il collo di Concia.

Sarebbe tornata Elena? La porta era aperta. Anche questo ricordava la cella: chi s'affacciava allo sportello poteva entrare e parlargli. Elena, il capraio, il ragazzo dell'acqua, e anche Giannino, potevano entrare, come tanti carcerieri, come il maresciallo che invece si fidava e da mesi non veniva piú. Stefano era stupito di tanta uniformità in quell'esistenza cosí strana. L'immobile estate era trascorsa in un lento silenzio, come un solo pomeriggio trasognato. Di tanti visi, di tanti pensieri, di tanta angoscia e tanta pace, non restavano che vaghi increspamenti, come i riflessi di un catino d'acqua contro il soffitto. E anche l'attutita campagna, dai pochi cespugli carnosi, dai tronchi e dalle rocce scabre, scolorita dal mare come una parete rosa, era stata breve e irreale come quel viso d'Elena sbarrato dai vetri. L'illusione e il sentore di tutta l'estate erano entrati quietamente nel sangue e nella stanza di Stefano, come vi era entrata Concia senza che i suoi piedi bruni varcassero la soglia.

Nemmeno Giannino era tra i carcerieri, ma piuttosto un compagno, perché sapeva tacere, e Stefano amava restarsene solo e contemplare le cose non dette tra loro. La presenza di Giannino aveva di singolare che faceva ogni volta trasalire come una pacata fantasticheria. In questo somigliava agli incontri che si fanno per strada e che un'immobile atmosfera poi suggella nel ricordo. Sulla torrida strada che usciva dal paese dietro la casa, fra gli ulivi che non gettano ombra, Stefano aveva un giorno incontrato un mendicante scalzo, che avanzava a balzelloni come se i ciottoli gli scottassero le piante. Era seminudo e coperto di croste, d'un colore bruciaticcio come la sua barba; e quei salti d'uccello ferito si complicavano di un bastone che incrocicchiandosi alle gambe accresceva le difficoltà. Stefano lo rivedeva – bastava pensasse al gran sole – e risentiva quell'angoscia; ma l'angoscia vera è fatta di noia, e quel ricordo non poteva annoiarlo. La carne nuda fra i brandelli di sacco appariva e riappariva inerme e oscena come carne di piaga: il corpo vero di quel vecchio erano i cenci e il sudiciume, le bisacce e le croste; e intravedere sotto tutto ciò una carne nuda faceva rabbrividire. Forse soltanto ritrovando il vecchio e praticandolo – conoscendo il suo male e ascoltandone i lagni monotoni – sarebbe arrivato alla noia e al fastidio. Stefano invece lo fantasticava, e a poco a poco ne faceva in quella strada riarsa un esotico oggetto vagamente orribile, qualcosa come un rachitico groviglio di fichidindia, umano e crostoso di membra invece che di foglie. Erano atroci quelle siepi grasse, ammassate carnosamente come se l'aridità di quella terra non conoscesse altro verde, e quei fichi giallicci che incoronavano le foglie fossero davvero brandelli di carne.

Stefano aveva sovente immaginato che il cuore di quella terra non poteva esser nutrito d'altro succhio, e che nell'intimo d'ognuno si nascondesse il groviglio verdastro. Anche di Giannino. E la sua discreta e taciturna compagnia gli piaceva come un virile riserbo. Era l'unico, Giannino, che sapesse popolare di cose non dette la solitudine di Stefano. Per questo, tra loro c'era ogni volta la ricca immobilità di un primo incontro.

A suo tempo gli aveva parlato anche del mendicante, e Giannino aveva risposto con gli occhi piccini: – Non ne avrete mai visti di cosí pezzenti, immagino?

– Capisco ora cosa sia un pezzente.

– Ne abbiamo tanti, – aveva detto Giannino. – Qui da noi, ci sono come le radici. Basta prendere un colpo di sole e si pianta la casa e si vive cosí. L'uniforme non costa.

– Da noi si fanno frati, veramente.

– È lo stesso, ingegnere, – aveva detto Giannino sorridendo. – È lo stesso. Nostro convento è la prigione.

Ma poi, dileguando le giornate diafane e oscurandosi il mare, Stefano aveva pensato alle carni livide, alle finestre da cui soffia il freddo e alla spiaggia gialla e sommersa. In paese era comparso un mendicante meno in cenci, che faceva capolino nell'osteria e chiedeva una sigaretta. Era un ometto secco e sveglio, tutto avvolto in un pastrano militare troppo lungo e sempre infangato al fondo, dove spuntavano due piedi fatti su in tela di sacco. Sigaretta e bicchiere di vino gli bastavano: la minestra la trovava altrove o s'accontentava di fichi. Rideva sarcastico coi denti gialli fra la barba riccia, prima di chiedere.

Aveva avuto il suo colpo di sole anche Barbariccia, e un parroco l'aveva fatto ricoverare, ma lui s'era buttato alla strada secondo l'istinto. Benché scemo e della montagna, non mancava di battute, e sapeva intitolare «cavaliere» chi gli negava per partito preso un po' di fumo. A certi chiedeva soltanto il cerino. Davanti al calvo Vincenzo si cavava la berretta, toccandosi il capo e inchinandosi. Era generalmente benvoluto e dicevano che non pativa l'umidità della notte.

Era anche lui comparso, in un mattino di temporale, davanti alla soglia di Stefano, sberrettandosi e ridendo e portandosi le dita alle labbra come nel saluto musulmano. Per far presto e toglierlo dagli spruzzi, Stefano gli aveva tesa una sigaretta, ma Barbariccia aveva insistito che voleva le cicche, e a Stefano era toccato cercarle per terra, negli angoli e nella spazzatura, chino, mentre l'altro si pigliava tranquillo e paziente la pioggia.

– Entrate! – gli aveva detto, seccato.

– Non entro, cavaliere. Vi mancasse qualcosa, non sono un ladro.

Mandava un fetore di cane bagnato. La luce fioca del mattino faceva sí che tutta la camera stillasse e fosse gelida, meschina, fra le quattro pareti e il mobilio sconnesso.

Poi Stefano era uscito negli spruzzi e nella fanghiglia per vedere il mare. E rientrando aveva trovato Elena che, deposta la scopa, rimboccava il letto. S'era chiuso alle spalle l'imposta di legno, s'era avanzato, e l'aveva abbracciata e distesa. Benché Elena riluttasse perché le scarpe fradice sporcavano lo scendiletto, quel giorno l'aveva molto carezzata anche a parole e s'era molto intenerito. E avevano discorso insieme senz'ira.

– Perché sei uscito a sporcarti?

Stefano a occhi chiusi brontolò: – La pioggia lava.

– Sei tornato a caccia col tuo amico? – susurrava Elena.

– Che amico?

– Don Giannino...

– Un prete?

Elena gli posò la mano sulla bocca. – È lui che te le insegna queste cose...

– Sono uscito per fare il pezzente.

– Lo scappato da casa –. La voce d'Elena sorrideva rauca.

– Proprio lui Catalano mi ha detto che qui sono tutti scappati da casa. È un mestiere...

– Catalano è una testa matta. Non credere a quello che dice. Ne ha fatte passare di tutti i colori a sua madre. È un maleducato. Tu non sai quel che ha fatto...

– Che cos'ha fatto? – disse Stefano svegliandosi.

– ... È un brutto tipo... non credere.

Stefano risentiva nel buio la voce astiosa e sommessa, quasi materna, d'Elena. Ripensò divertito la domanda d'allora: – Ti ha fatta l'offesa di non occuparsi di te? o se n'è troppo occupato? – e provò un'improvvisa vergogna di esser stato scioccamente villano. Questo pensiero, che poteva esser villano anche con Elena, lo seccò e lo sorprese, tanto piú che in quei casi la villania era una forza, la sola forza che potesse rintuzzare la pericolosa impunità con cui una donna si lascia schiacciare.

E adesso era venuto l'armadio. Poi era venuta Elena, e se n'era andata tacitamente. In quest'umiltà, pensò Stefano, era tutta la forza di lei, in quest'umiliata sopportazione che fa appello alla tenerezza e alla pietà del piú forte. Meglio il viso levato, senza rossore né dolcezza, di Concia; meglio l'impudicizia dei suoi occhi. Ma forse anche Concia sapeva gettare le occhiate del cane.

Stefano si riscosse nel buio, disgustato di ricadere nel vecchio pensiero oscillante. Desiderò persino che tornasse Elena. La solitudine sarcastica cedeva. E se cedeva in quella sera piena di tanti fatti nuovi e improvvisi ricordi, come avrebbe potuto resistere l'indomani? Senza lotta, s'accorse Stefano, non si può stare soli; ma star soli vuol dire non voler piú lottare. Ecco almeno un pensiero che gli teneva compagnia, una precaria compagnia che sarebbe ben presto cessata.

Stefano si alzò e accese la luce, e gli vacillarono gli occhi. Quando li riaprí, c'era Elena sulla porta e richiudeva con la schiena le imposte.

Senza parlarle dell'armadio, le chiese se voleva restare per tutta la notte. Elena lo guardò tra incredula e stupita, e Stefano senza sorridere le andò incontro.

Nel lettuccio ci stavano appena, e Stefano pensò che fino all'alba non avrebbe dormito. Addossato a quel corpo molle, fissava il vago soffitto tenebroso. Era notte alta e il respiro leggero di Elena gli sfiorava la spalla. Di nuovo era solo.

– Caro, in due non ci stiamo. Andrò via, – aveva detto e non s'era ancor mossa.

Forse s'era assopita. Stefano tese il braccio a tentoni cercando le sigarette. Elena lo seguí nel movimento abbandonandosi, e allora Stefano si sedette nel letto, si portò la sigaretta alle labbra e guardò il buio, indeciso se accendere. Quando accese il fiammifero, le palpebre chiuse vacillarono con le grandi ombre; Elena non si svegliò, perché non dormiva.

Stefano, fumando, si sentí fissato dagli occhi socchiusi, come per gioco.

– Stasera Catalano ha veduto il tuo armadio.

Elena non si mosse.

– Ti abbiamo veduta venire: eravamo qui al buio.

Elena gli ghermí un braccio.

– Perché hai fatto questo?

– Per non comprometterti.

Era tutta sveglia. Stiracchiò il lenzuolo, si contrasse, gli sedette accanto. Stefano liberò il braccio.

– Credevo dormissi.

– Perché hai fatto questo?

– Io non ho fatto niente. Gli ho mostrato l'armadio –. Poi riprese con durezza: – Il diavolo insegna a non fare il coperchio. Le ipocrisie non mi piacciono. Io sono contento che ti abbia veduta. Non so se lui l'abbia capita, ma i misteri finiscono tutti cosí.

Immaginò che avesse gli occhi dilatati dal terrore e le cercò la gota con la mano. Si sentí invece ghermire furiosamente e baciare e frugare in tutto il corpo. Si sentí baciare sugli occhi, sui denti, e gli sfuggí la sigaretta. C'era qualcosa d'infantile in quell'orgasmo di Elena. La sigaretta era caduta a terra. Stefano infine saltò giú dal letto, tirando Elena con sé. In piedi, cercò di darle un bacio piú calmo ed Elena aderí con tutto il corpo fresco al suo. Poi si staccò e prese a vestirsi.

– Non accendere, – disse. – Non mi devi vedere cosí.

Mentr'Elena ansava infilandosi le calze, Stefano seduto contro il letto taceva. Sentiva freddo ma era inutile rivestirsi.

– Perché hai fatto questo? – balbettò Elena un'altra volta.

– Come...

– Lo so, non mi vuoi essere obbligato, – interruppe Elena in piedi, con la voce strozzata dalla camicetta. – Tu non vuoi niente da me. Nemmeno che ti faccia da mamma. Ti capisco. Non si può voler bene quando non si vuole bene La voce si fece piú chiara e sicura, liberandosi. – Accendi.

Stefano, nudo e imbarazzato, la guardò. Era un poco rossa e scarmigliata, e si cingeva a casaccio la gonna come ci si cinge un grembiale da cucina. Quand'ebbe finito, levò gli occhi cupi, quasi sorridenti.

Stefano balbettò: – Vai via?

Elena gli venne incontro. Aveva gli occhi pesti e gonfi: era ben lei.

Stefano disse: – Scappi ma poi ti metti a piangere.

Elena contenne una smorfia e lo guardò in modo bieco. – Tu non ti metti a piangere, poveretto –. Stefano la cinse, ma Elena si divincolò. – Vai a letto.

Dal letto le disse: – Mi sembra quand'ero bambino...

Ma Elena non si chinò né gli raccolse le coperte. Disse soltanto: – Verrò a scopare come prima. Se avrai bisogno di qualcosa, chiamerai. Farò portare via l'armadio...

– Stupida, – disse Stefano.

Elena sorrise appena, spense la luce e se ne andò.

Negli ultimi istanti, alla luce, la voce d'Elena era stata dura, arrangolata, come di chi si difende. Stefano, nudo, non aveva risposto. Avrebbe voluto udire un singhiozzo, ma qual è quella donna vestita e accollata, che piange davanti a un uomo nudo? L'istante era passato, e nel buio quel corpo s'era cosí frettolosamente rivestito, che a Stefano restava il desiderio di carezzarlo ancora, di vederlo, di non averlo perduto. Stefano si chiese se quei baci furiosi, se quell'abbraccio in piedi accanto al letto, Elena glieli aveva dati per vendicarsi, per ridestare un desiderio da non saziare mai piú. In questo caso, Stefano sorrise, Elena aveva fatto i conti senza la sua sete di solitudine. Poi, siccome era buio, smise di sorridere e strinse i pugni.

Nel suo disfatto dormiveglia Stefano pensava a tutt'altro: non riusciva ad afferrare che cosa. Rivoltolandosi nel letto pesto, temette che l'insonnia sarebbe durata: quest'era un incubo piú vero degli antichi. Strinse la guancia con pazienza al cuscino e intravide il pallore dei vetri. Mormorò intenerito: – Ti compiango, mammina, – e si fece molto buono, e fu felice d'esser solo.

Allora afferrò questo pensiero: si resiste a star soli finché qualcuno soffre di non averci con sé, mentre la vera solitudine è una cella intollerabile. *Ti compiango, mammina.* Bastava ripeterlo, e la notte era dolce.

Poi sopraggiunse il treno col suo sibilo selvaggio, il treno di tutte le notti, che lo sorprese a occhi socchiusi come un uragano. I lampi dei finestrini durarono un istante; quando tornò il silenzio, Stefano assaporò adagio lo spasimo della vecchia consueta nostalgia ch'era come l'alone della sua solitudine.

Veramente il suo sangue correva con quel treno, risalendo la costa ch'egli aveva disceso ammanettato tanto tempo fa.

Il pallore dei vetri era tornato uguale. Adesso che l'aveva cacciata, poteva intenerirsi su di lei. Poteva anche rimpiangerla, fin che il suo sangue spossato era calmo, pensò balbettando.

Fra le piogge e il sole la strada perdeva la sua immobilità; e qualche volta era bello, al mattino, poggiarsi a un cantone o al muricciuolo della piazza e osservare il passaggio dei carri – di erbe secche e sarmenti –, carri di conducenti, villani a bisdosso di ciuchi, trotterellio di maiali. Stefano annusava l'odor umido e un po' mostoso fatto di piogge e di cantina; e dietro la stazione c'era il mare. L'ombra della stazione a quell'ora rinfrescava la piazza, tranne un vano di sole che cadeva dalla vetrata proibita traversando i binari palpitanti e tranquilli. La banchina era un salto nel vuoto. Come Stefano anche il capostazione viveva su quel vuoto, e andava e veniva sull'orlo degli addii, nell'equilibrio instabile della parete invisibile. Correvano lungo il mare i treni neri come riarsi dalla canicola passata, verso remote e sempre uguali lontananze.

Quel capostazione era un gigante invecchiato, ricciutello e osceno, che vociava coi facchini e scoppiava in risate improvvise, sempre al centro di un crocchio. Quando attraversava da solo la piazza, era penoso come un bue senza compagno. Fu per mezzo di lui che Stefano seppe la prima notizia.

Era piantato sulla piazzetta fra Gaetano e due vecchiotti. Uno dei vecchi fumava la pipa. Gaetano, ascoltandoli, fece cenno a Stefano, che s'era fermato, di accostarsi. Stefano sorrise, e in quel momento la voce del capo brontolava ringhiosa: – Catalano potrà dire che ce n'è di puttane ma come le donne!

– Che gli è successo? – disse Stefano a Gaetano che rideva con gli occhi.

– Lo conoscete pure voi? – disse il capostazione, volgendosi rosso in faccia. – Gli è successo che è incinto e non vuole saperne –. Anche Stefano sorrise, poi guardò interrogativo Gaetano.

Gaetano preoccupato aveva il viso dei primi tempi quando non si conoscevano ancora. Squadrò Stefano con gli occhietti solleciti e gli disse confidenziale: – Questa mattina il maresciallo ha chiamato Catalano in caserma e l'ha arrestato...

– Come?

– Pare che venga una denuncia da San Leo per violenze carnali.

Uno dei vecchi interloquí: – Vedrete che ci sarà pure il bambino.

– Il maresciallo è amico nostro, – continuò Gaetano, – e gli ha parlato con riguardo. Lo arrestò in caserma per non spaventare la madre. Poi chiamò il dottore che la facesse avvertita...

C'era un fiato leggero che sapeva di frescura e di mare. Il terriccio della piazza era brunastro, impastato di rosso, e riluceva di pozze. Stefano disse allegro:

– Uscirà subito. Volete che tengano dentro per queste sciocchezze?

Tutti e quattro lo guardarono ostili, anche il capostazione. Il vecchiotto di prima scosse il capo, e sogghignarono entrambi.

– Voi non sapete che cos'è prigione, – disse Gaetano a Stefano.

– È una gran sacrestia di dove si passa in Municipio, – spiegò il capostazione mangiandolo con gli occhi.

Gaetano prese il braccio a Stefano e s'incamminò con lui verso l'osteria.

– Insomma, è una cosa grave? – balbettò Stefano.

– Vedete, – rispose Gaetano, – sembrano decisi e chiedono il processo. Se la ragazza non è incinta, vuol dire che mirano, fin che sono in tempo, al matrimonio. Altrimenti avrebbero aspettato che Catalano si accasasse, per ottenere di piú producendo il bambino.

Avvicinandosi all'osteria Stefano provava un senso strano di sollievo, di costernata e di smarrita ilarità. Vide le facce consuete, e li guardò giocare, incapace della fermezza di sedersi, ansioso di sentirli parlare di Giannino. Ma non ne parlavano, e scherzarono invece nel solito modo. Soltanto lui sentiva un vuoto, un'inutile pena, e confrontava quella gente col mondo lontano dal quale un giorno era scomparso. La cella era fatta di questo: il silenzio del mondo.

Ma forse anche Giannino rideva, nella sudicia cella accecata. Forse, amico del maresciallo, dormiva in una camera di balconi o passeggiava nel giardino. Gaetano, autorevole come sempre, seguiva il gioco e ogni tanto incontrava gli occhi di Stefano con un sorriso rassicurante.

Finalmente Stefano ammise, come chi ammette di avere la febbre, di sapersi in pericolo. Aveva deluso e respinto Elena, come chi fa violenza. Ma si disse e pensò, per l'ennesima volta, che Elena non era una bambina, ch'era sposata e piú esposta di lui, ch'era stata sincera nei suoi terrori di uno scandalo, e poi ch'era semplice e buona. L'aveva lei liberamente lasciato. E incinta non era.

Quei pensieri dovevano avergli inchiodato lo sguardo, perché uno degli astanti – un meccanico, parente di Gaetano – disse a un tratto:

– L'ingegnere stamattina pensa al suo paesello. Coraggio, ingegnere.

– Ci penso anch'io, ingegnere, – interloquí Gaetano. – Parola, che l'anno scorso a Fossano è stato bello. Voi non siete mai stato a Fossano, ingegnere? Pensare che vi giunsi l'inverno con la neve, e quasi piangevo...

– Morivi di nostalgia? – disse uno.

– Ci fu subito un capitano che mi tolse dal reggimento, e ancora ci scriviamo.

– Costò molto zucchero a tuo padre, questo capitano...

Stefano disse: – Fossano è un paese da lupi. Vi pare di aver vista una città?

Poi giunsero insieme Vincenzo e Pierino, che gli parvero scuri in viso. Ma Vincenzo aveva sempre quegli occhi nudi sotto la fronte calva. Pierino impassibile nella divisa attillata disse: – Beppe, farete la corsa.

– Non piglia il treno? – chiese il meccanico.

– Il maresciallo mi disse: «Se parte dalla stazione, gli devo mettere i ferri. Sentitemi Beppe; se il vecchio Catalano vuol pagare la corsa a suo figlio, a due militi e magari a sé, li spedisco sull'auto e nessuno li vede».

– Quando? – disse il meccanico.

– Quando lo reclamerà il tribunale, – intervenne Gaetano. – Magari fra un mese. Come fu di Bruno Fava.

– Momento, – disse Vincenzo. – Non dipende ancora dal tribunale. Sarà la questura che farà la denuncia...

Stefano guardava le mostrine gialle di Pierino. Pierino gli disse ammiccando: – Vi stupisce, ingegnere? Qui sono tutti avvocati. Hanno tutti un parente in prigione.

– Perché, da te non è cosí?

– Non è cosí.

Stefano guardò quei visi, tutti immobili, qualcuno beffardo, intenti e fatui. Pensò di avere un viso identico, quando disse pacato: – Ma Catalano non doveva prender moglie? – La sua voce gli tornò in un vuoto sordo e quasi ostile.

– Che c'entra? – dissero insieme Gaetano e gli occhi del crocchio. – Non si può mica disonorare la fidanzata.

Pierino, addossato al banco, contemplava il pavimento.

– Ingegnere, state zitto, state, – disse a un tratto cocciuto, senza levare gli occhi.

Vincenzo, che s'era seduto, raccattò il mazzo abbandonato delle carte e cominciò a rimescolarle.

– Don Giannino Catalano fu imprudente, – disse a un tratto. – La ragazza ha sedici anni, e lo disse alle vecchie. Verrà al processo col bambino al collo.

– Se ci sarà un bambino! – disse adagio Gaetano.

– Quei di San Leo sosterranno la violenza carnale.

– Ci sarà tempo perché nasca. Oh che credete che a buon conto lo terranno poco in carcere? Ciccio Carmelo stette un anno al giudiziario…

Stefano andò sulla spiaggia, chiazzata di sole e monotona. Si stava bene seduti su un ceppo, a socchiudere gli occhi e lasciare che il tempo passasse. Dietro le spalle intiepidite c'eran muri scrostati, il campanile, i tetti bassi, qualche faccia usciva alle finestre, qualcuno andava per le strade, le strade vuote come i campi; poi la vertigine del poggio bruno-violastro sotto il cielo, e le nuvole. Stefano non aveva piú paure, e guardava il mare quasi nascosto sotto la sponda, e sorrideva a se stesso dell'orgasmo di prima. Vedeva chiaro nel suo smarrimento. Sapeva d'Elena soltanto Giannino, che in quel momento pensava a ben altro. Comprese pure che lo scatto di sollievo assaporato quel mattino, gli veniva dal tedio che la nuova avventura interrompeva, e dal presentimento che con Giannino se ne andava l'ostacolo estremo alla piú vera solitudine.

Stefano sapeva di esser triste e inasprito, e ci pensò cosí semplicemente che gli vennero le lacrime agli occhi. Furono come gocce spremute da un panno torcendolo, e Stefano, a tanta dolcezza, mormorò abbandonandosi: – Ti compiango, mammina.

Il mare che gli era traballato innanzi alle pupille, tornò netto nel bruciore di quelle lacrime assurde, tanto che gli riportò la sensazione estiva dell'onda salsa infranta negli occhi. E allora li chiuse e capí che l'orgasmo non era cessato.

Stefano riattraversò la sabbia e menò un calcio a una ceppaia di ficodindia, e decise di allontanarsi dal mare perché forse era il mare che gli dava sul sangue e sui nervi. Pensò che forse da mesi la salsedine, i fichi, i succhi di quella terra, gli mordevano il sangue tirandolo a sé.

Prese la strada dell'argine, che correva lungo il mare, dov'era la casa di Concia. Si fermò quasi subito perché quella strada l'aveva troppo percorsa nei piú furenti dei suoi dolori, per osare percorrerla adesso. Tornò indietro e si mise per lo stradale che girava sotto il poggio, verso l'interno, allontanandosi dal mare. Laggiú c'erano almeno degli alberi.

In realtà Stefano non aveva che pensare, né un vero dolore né un'ansia. Ma provava un disagio, un'inquietudine, sulla strada sassosa, per la sua insofferenza mentre pure il suo stato era umano e tranquillo. Giannino sí, era in condizione di soffrire, e forse Giannino non smaniava come lui.

Guardando le ombre delle nuvole sui campi, Stefano capí per la prima volta che Giannino era in carcere. Ebbe un ricordo quasi fisico, preciso, di un comando brusco e di uno sbattito di porte, e della porta richiusa sul naso, dopo una voce, e di qualcuno che passava in vece sua nel corridoio. Era la stessa giornata di nuvole bianche che, uniche nel cielo dietro l'inferriata, gli avevano fatto sognare le loro ombre sulla terra invisibile. Girò gli occhi sui campi, sugli alberi brulli lontano, per sentire la sua libertà.

Forse Giannino pensava a quei campi, a quello stesso orizzonte, e avrebbe dato chi sa quanto per essere lui, per camminare sotto il cielo come lui. Ma era soltanto il primo giorno e forse Giannino rideva e la cella non era una cella perché d'istante in istante era possibile che si chiarisse un errore e gli aprissero la porta e gli dicessero d'uscire. O forse Giannino avrebbe riso anche fra un anno, dietro la stessa inferriata: era tipo di farlo.

In una banda di sole si avanzava un ometto dalla lunga casacca scura, con passo traballante. Scendeva dal paese antico, s'appoggiava a un bastone: era Barbariccia. Stefano strinse le mascelle, deciso a passar oltre senza ascoltarlo; ma via via che s'accostavano gli venne pietà di quel passo, di quelle pezze sudice che strisciavano, di quelle mani ossute congiunte sul bastone. Barbariccia non si fermò. Fu Stefano che disse qualcosa, cercandosi in tasca le sigarette, e Barbariccia già trascorso rispose sollecito: – Comandate? –; ma Stefano, confuso, gli fece un cenno di saluto e tirò avanti.

Quella pietà che gli era nata, gli fece spaziare lo sguardo sugli avvallamenti dei campi, dove radi sentieri o comignoli mostravano che dietro una costa, dietro un ciuffo di piante, sorgeva qualche casolare. Non c'era un solo contadino fra le stoppie. Altre volte, incontrandone di vestiti su per giú come Barbariccia, o seduti sulla groppa di un asinello, lesti a toccarsi il berretto; o donne infagottate, scure, con cesti, seguite da capre e marmocchi; aveva sentita e fantasticata una vita dura di stenti e la piú torva delle solitudini: quella di un'intera famiglia sopra un suolo ingrato.

Un giorno, nel negozio di Fenoaltea, aveva detto: – Quel vecchio paese piantato lassú sembra un carcere, messo perché tutti lo vedano.

– Molti ne avrebbero bisogno qui da noi, – aveva risposto Fenoaltea padre.

Ora Stefano fermo guardò le case grige lassú. Ci pensava anche Giannino, sognando il gran cielo? Gli venne in mente che non gli aveva mai chiesto se in quella domenica lontana del suo arrivo, davanti alla piazza, era lui l'uomo seduto impassibile a cavalcioni della sedia, che l'aveva veduto passare con le manette, indolenzito e trasognato per il viaggio. Giannino ora avrebbe rifatto quel viaggio, non verso le invisibili pareti di un paese lontano, ma alla città, verso il carcere vero. Lo prese alla sprovvista il pensiero che ogni giorno entra qualcuno nel carcere, come ogni giorno qualcuno muore. Lo sapevano questo, lo vedevano le donne, quella bianca Carmela, la madre, la gente di Giannino, Concia? E l'altra, la violentata, e le sue vecchie, e tutti quanti? Ogni giorno entra qualcuno nel carcere, ogni giorno su qualcuno si chiudono le quattro pareti e comincia la vita remota e angosciosa dell'isolamento. Stefano decise di pensare a Giannino in questo modo. Teste bruciate come lui, sudici cenci come quei villani, ogni giorno entravano a popolare di carne inquieta e di pensieri insonni le sproporzionate muraglie.

Stefano si chiese con un mezzo sorriso che cosa c'era dunque di tanto essenziale in un cielo, in un viso umano, in una strada che si perde tra gli ulivi, da sbattere con tanto desiderio contro le sbarre il sangue di chi è carcerato. «Faccio forse una vita gran che diversa?» si disse con una smorfia; ma sapendo di mentire, serrò le mascelle e fiutò l'aria vuota.

Quel giorno, mentre mangiava al tavolino dell'osteria, s'accorse di non ricordare quando aveva veduto Giannino per l'ultima volta. Forse ieri per strada? o all'osteria? o il giorno innanzi? Non trovò. Voleva saperlo perché presentiva che Giannino non sarebbe piú vissuto con lui che come un ricordo; provvisorio e patetico come tutti i ricordi, come quello della domenica remota in cui forse era un altro. Ora sarebbe stato solo veramente, e quasi gli piacque, e lo riprese l'amarezza della spiaggia.

La vecchia ostessa che gli portava un piatto, gli disse che aveva della frutta, delle arance, le prime che si vedevano. Stefano dopo la minestra prese un'arancia, due arance, e le mangiò con un pezzo di pane, perché rompere il pane e masticarlo, guardando nel vuoto, gli ricordava il carcere e l'umiltà solitaria della cella. Forse Giannino mangiava un'arancia in quel momento. Forse era ancora di questo mondo e a tavola col maresciallo.

Nel pomeriggio Stefano andò alla caserma per chiedere di vedere Giannino, sperando che non gli fosse concesso. In questo sapeva di trattare

Giannino come un altro se stesso: Giannino non era ancora cosí vecchio carcerato da aver bisogno di conforto e per Stefano l'orgoglio di esser solo non voleva lenimenti. Ci andò tuttavia perché c'era andato Pierino.

Non si fermò davanti alle finestre accecate, perché non sapeva quale fosse di Giannino. Gli venne ad aprire il maresciallo.

Questa volta sorrise apatico.

– L'ho messo in macchina mezz'ora fa, – disse bonario. – Questa non era prigione per lui.

– Già tradotto?

– Appunto.

Stefano abbassò gli occhi. Poi disse: – Brutto affare?

Il maresciallo fece gli occhi piccini. – Per voi era una compagnia sana. Ma tanto meglio. Non avrete che a star ritirato.

Stefano fece per andarsene e il maresciallo lo guardava. Allora disse: – Mi dispiace.

– Dispiace sempre, – disse il maresciallo.

– C'era una sola persona perbene e la mettono dentro.

Il maresciallo, che già taceva, disse a un tratto: – Non so con chi potrete andare a caccia.

– Della caccia me ne infischio.

– Meglio star ritirati, – disse il maresciallo.

Non faceva gran freddo per le strade, ma il mattino e la sera, nella stanza bassa, intirizzivano e costringevano a infilarsi un pastrano, quello che Stefano sin dalla primavera s'era portato sotto il braccio. Qualche volta era luce cenerognola, o sgocciolante, che raffiche di vento spazzavano. C'erano smorti pomeriggi di sole.

Stefano teneva un catino pieno di cenere, dove bruciava carbonella per fare la brace e sedercisi accanto e passare la sera intorpidito. Arroventare e incenerire carbonella era molto faticoso, perché bisognava star fuori nel freddo e sventagliare una fiammata di rami e chinarvisi a lungo ottenendo che il gas del carbone dileguasse, sotto il vento e la pioggia. Quando rientrava col catino, Stefano era rotto e intirizzito, sudato, livido; e sovente alla brace restava una vampa azzurrina che lo obbligava a spalancare la porta per sfogare il pericolo. Allora, sulle sue gambe poggiate a rosolarsi contro il catino, giungeva il fiato diaccio del mare. Allontanarsi e scaldarsi non poteva, dopo l'imbrunire. Nemmeno Giannino – pensava allora – poteva allontanarsi, e lui non aveva braciere.

Un mattino che il cortile era un pantano, Stefano si dilungò a mangiucchiare pane e un'arancia, buttandone le scorze nella cenere spenta, come faceva verso sera sulla brace per rompere il tanfo dei muri bagnati. Non usciva il sole, e il pantano era grande. Comparve invece Elena con un fazzoletto in capo, e il ragazzo dell'anfora. Da quella notte dell'armadio non l'aveva piú vista, ma, benché gli avesse davvero ritolto l'armadio e rimessa la roba nella valigia, Elena era tornata in sua assenza, di tanto in tanto, per rifare la stanza. Comparve dietro il vetro col viso imbronciato di sempre, e parve assurdo a Stefano l'averla avuta nel suo letto. Eccola ferma, smorta.

Stefano era fiacco: pochi passi lo portavano ormai a un limite, non andava mai oltre la spiaggia o l'osteria. Dormiva poco la notte; un affanno e una smania continui lo facevano balzare ai primi albori, nell'aria fredda. Quel mattino, per fare qualcosa s'era alzato anche prima di giorno. Era uscito imbacuccato nel cortile, dove sotto un cielo silenziosamente nero aveva acceso una corta pipetta come quella di Giannino. Era un tempo rigido, ma nell'ombra saliva dal mare come un alito che accompagnava il vacillio delle stelle, enormi. Stefano aveva pensato a quel mattino della caccia, quando nulla era ancora accaduto, quando Giannino fumava e la casa di Concia, pallida e chiusa, attendeva. Ma il vero ricordo era un altro, piú segreto, era un punto in cui tutta la vita di Stefano ardeva silenziosa, e a ritrovarlo era stata tale la scossa che gli era mancato il respiro. L'ultima notte ch'era stato in carcere, Stefano non aveva dormito; e poi gli ultimi istanti, già chiusa la valigia e firmati i suoi fogli, li aveva attesi in un transito ignoto, dagli alti muri scrostati e umidicci, dalle finestre grandi e aperte sul cielo nudo, dove l'estate addolciva il silenzio e vacillavano calde stelle che Stefano aveva creduto lucciole. Da mesi non vedeva che pareti torride dietro le sbarre. D'un tratto aveva compreso che quello era il cielo notturno e che l'occhio arrivava fin lassú, e che a giorno sarebbe stato su un treno, attraverso una campagna estiva, libero di spaziare, verso invisibili pareti umane e per sempre. Quello era il limite, e tutto il carcere silenzioso ricadeva nel nulla, nella notte.

Ora, nella pace sommessa del cortiletto, Stefano aveva fatto giorno, fumando come Giannino e ascoltando il fragore monotono del mare. Aveva lasciato che il cielo impallidisse e che le nuvole trascolorassero, levando il capo come un ragazzo. Ma nella carne del cuore gli doleva quell'altro ricordo, quell'anelito estatico a una solitudine che stava per finire. Che cosa ne aveva fatto, di quella morte e di quella rinascita? Forse adesso viveva diverso da Giannino? Stefano aveva stretto le labbra, tendendo l'orecchio al fragore del mare, sempre uguale nell'alba. Poteva prendere l'anfora e salire sulla strada e riempirla alla fontana fredda e roca. Poteva rientrare e rimettersi a letto. Le nuvole, i tetti, le finestre chiuse, tutto in quell'attimo era dolce e prezioso, tutto era come uscire dal carcere. Ma poi? Meglio restarci per sognare di uscirne, che non uscirne davvero.

Elena, ferma dietro i vetri, guardava, tenendo Vincenzino per mano. Stefano le accennò di entrare, e poi fissò ostentatamente l'angolo nudo dov'era stato l'armadio. Elena alzò le spalle e prese la scopa senza parlare.

Fin che ci fu il ragazzo, Stefano li guardò in silenzio: lei che scopava, lui che teneva la paletta. Elena non pareva imbarazzata: occhi chini, sbirciava la stanza senza evitare i suoi. Non era rossa, ma smorta.

Mandò fuori il ragazzo a versare l'immondizia, e Stefano non si mosse. La breve assenza trascorse in un silenzio teso.

Stefano pensava a dir qualcosa, e Vincenzino rientrò. Dopo che l'ebbe aiutata a fare il letto, uscí finalmente con l'anfora.

Stefano si accorse di attendere lui una parola da Elena e che Elena, voltandogli le spalle, badava a ripiegare una coperta d'avanzo. Non c'era nulla da dire. A quell'ora Stefano avrebbe dovuto trovarsi lontano.

L'istante passava. Cosí curva, di schiena, nascosta la fronte sotto i capelli – voleva provocarlo? Gli parve di vedere ferme le braccia sulla coperta, e il capo intento quasi protendersi, in attesa di un urto.

Stefano gonfiò il petto e si contenne. Vincenzino tornava a momenti. Stefano disse, senza lasciare la porta dov'era appoggiato:

– Io non lo farei un letto dove non dormo.

Poi disse ancora, in fretta, parendogli di sentire il ragazzo: – Sarebbe bello far l'amore alla mattina, ma non bisogna perché poi viene la sera e l'indomani e il giorno dopo...

Elena s'era voltata, in sfida, poggiati i pugni dietro a sé contro il letto. Disse con voce bassa: – Non se ne ha bisogno di gente come lei. Non mi tormenti –. Le sussultava la gola, e le rughe degli occhi eran rosse. Stefano sorrise. – Siamo al mondo per tormentarci, – disse.

Il ragazzo urtò nella porta reggendo l'anfora a due mani. Stefano si chinò, gliela tolse senza parlare e la portò sotto la finestra. Poi si cercò nelle tasche un ventino.

– No, – disse Elena, – no, no. Non deve prenderlo. Perché si disturba?

Stefano gli cacciò nella mano il ventino, gli prese la spalla e lo spinse fuori della porta. – Va' a casa, Vincenzino.

Chiuse la porta e l'imposta; chiuse tutte le imposte, e attraversò la penombra. Elena gli si afflosciò sotto con un gemito.

All'osteria Stefano, fiacco e sazio, sedette pensando alla sua forza e alla sua solitudine. Quella notte avrebbe meglio dormito e ciò valeva tante cose. D'or innanzi avrebbe sempre visto l'alba e fumato come Giannino nel salubre freddo notturno. La sua forza era reale se tra le lacrime quella povera Elena gli sorrideva consolata. Di piú non poteva darle.

Scambiò qualche parola col calvo Vincenzo e con Beppe il meccanico, che non parlavano di Giannino e aspettavano il quarto. – Accettate un bicchiere? – disse allora Stefano.

Venne il boccale: un vino marrone che pareva caffè. Era freddo e mordente. Il meccanico col berretto sugli occhi brindò a Stefano. Stefano ne asciugò due bicchieri e poi disse:

– Com'è andato il viaggetto?

Gli occhi neri del giovanotto ammiccarono.

– La strada delle carceri è la piú facile, ingegnere.

– Dite? – mormorò Stefano. – Avete un vino forte. Sono stato uno stupido a non berne finora.

Vincenzo cominciò a ridere con la bocca storta. Era un brav'uomo.

– Ve l'hanno poi passato quel sussidio, ingegnere?

– Certamente. Avevate ragione quel giorno: parlavo con voi?

Prima di mezzogiorno Stefano uscí per rinfrescarsi la fronte. La strada e le case ondeggiavano un poco, sotto un pallido sole beato. Era cosí semplice. Perché non ci aveva pensato prima? Tutto l'inverno lo attendeva tiepido.

Stefano andò alla casa di Giannino, e salí gli scalini di pietra, sbirciando le fronde dell'orto ancor verdi sul muro. Mentre attendeva, pensava alla casa di Concia, che non aveva piú visto – c'erano ancora quei gerani alla finestra? – e a Toschina e all'altra voce ignota che doveva aver pianto di orgoglio, soffocata dietro il pugno.

Nel salottino a mattonelle rosse faceva un freddo desolato. C'era pure una tenda pesante che nascondeva una porta. La finestretta era chiusa.

La madre entrò, dura e impassibile, tenendosi il petto e abbracciandosi coi gomiti. Stefano si sedette sull'orlo della sedia.

Fu lui il primo a parlare di Giannino. Gli occhi fermi della vecchia ascoltavano, e si mossero appena.

– A voi non ha mai detto nulla?...

Qualcuno esclamava qualcosa, forse in cucina. Senza scomporsi la vecchia continuò balbettante: – Siamo presi alla gola. Mio marito diventa imbecille. È l'età. È allo scuro di tutto.

– Non so nulla da Giannino, ma credo si tratti di cosa da poco.

La vecchia si stringeva ostinatamente nelle braccia.

– Voi lo sapete che doveva sposarsi?

– Ma ne aveva poi voglia? – disse improvvisamente Stefano. – Giannino non era uno sciocco e l'avrà fatto apposta.

– Giannino *crede* di non essere uno sciocco, – disse adagio la madre. – Ma è pazzo e bambino come l'altro. Se non fosse pazzo, avrebbe atteso dopo le nozze per avere anche l'altra –. Gli occhi si fecero picci... È un paese di caverne dove non hanno nemmeno il prete... E vogliono sposare mio figlio!

– So che cosa è il carcere, – disse Stefano. – Può darsi che Giannino per uscirne la sposi.

La vecchia sorrise.

– Giannino tirava a non sposarne nessuna, – brontolò. – Voi conoscete il carcere ma non conoscete mio figlio. Uscirà giovanotto.

– E la Spanò? – disse Stefano. – Che dice?

– La Spanò è la ragazza che l'avrà. La Spanò lo conosce. Ve lo dirò perché non siete del paese. Anche noi li conosciamo. Hanno in casa la bastarda del padre e non possono levare la fronte.

La vecchia tacque, stringendosi nelle braccia e raccogliendo lo sguardo.

Levò gli occhi quando Stefano si alzò. – Siamo nelle mani di Dio, – disse.

– Ho qualche esperienza. Se posso esservi utile... – disse Stefano.

– Grazie. Conosciamo qualcuno. Se cosa vi occorre...

Come ogni volta che usciva dal chiuso, Stefano camminò un istante senza direzione, cosí per andare. Il vino era ormai snebbiato, e fra le case apparve un pallido orizzonte verdiccio. Era il mare, sempre remoto e agitato, ma scolorito come il ficodindia del sentieraccio sulla spiaggia. Per mesi non avrebbe piú deposto quel pallore innaturale. Ridiventava la parete di una cella, cosí come Stefano aveva persa l'abbronzatura estiva.

Nelle gambe quel pomeriggio gli durò il gelo delle mattonelle rosse, che lo fece pensare ai polpacci nudi di Concia e se ancora camminava a piedi scalzi sul pavimento della sua cucina. Da quanto tempo non l'aveva piú incontrata sulla soglia di un negozio?

Era ancor chiaro quando la pioggia riprese a cadere sui ciottoli delle strade. Stefano stanco e intirizzito rientrò, si avvolse nel soprabito e seduto davanti ai suoi vetri, coi piedi sul braciere spento, lasciò che gli occhi si chiudessero.

C'era un vago benessere in quella posa consueta, come un ragazzo che trovata una grotta nel bosco ci si raggomitola giocando alle intemperie e alla vita selvaggia. Il brusio della pioggia era dolce.

Stefano quella sera si preparò un po' di brace, fuori alla pioggia. Quando portò il catino dentro, il buon riverbero gli scaldava il viso. Si scaldò allora dell'acqua e vi spremette un'arancia. Le scorze buttate nella cenere riempivano l'amosfera col loro agrore. Rientrare coi capelli bagnati dal breve cortile era come si rientra in un giorno di pioggia dal passeggio, nella cella vuota. E Stefano tornando a sedersi e accendendo la pipa, sorrise a se stesso, pieno di gratitudine per quel calore e quella pace, e anche per la solitudine che, al brusio della pioggia esterna, lo intorpidiva silenziosa.

Stefano pensò ai silenzi protratti, le sere che Giannino, seduto con la gota sullo schienale della seggiola, taceva. Non c'era nulla di mutato. Anche Giannino in quell'ora, seduto sul lettuccio, ascoltava in silenzio. Non aveva braciere, e i suoi pensieri erano insonni. O forse rideva. Stefano pensò vagamente alle parole della madre e alle sue. Né lei né la sposa né nessuno sapevano che il carcere insegna a star soli.

Senza girare gli occhi, Stefano si sentiva alle spalle tutta la stanza riordinata da Elena. Sentí ancora quel gemito di Elena. Pensò che l'aveva trattata senza dolcezza ma senza odio, e che adesso ch'era solo poteva pensarci come nessuno pensava a lui.

Veramente qualcuno pensava a Stefano, ma le lettere che s'ammucchiavano nel cassetto del tavolino ignoravano gli istanti veri della sua vita e insistevano patetiche su ciò che di sé Stefano aveva ormai dimenticato. Le sue risposte erano asciutte e laconiche, perché tanto chi gli scriveva le interpretava a modo suo nonostante gli avvertimenti. E anche Stefano del resto aveva adagio trasformato ogni ricordo e ogni parola, e talvolta ricevendo una cartolina illustrata dov'era una piazza o un paesaggio già noti si stupiva di sé ch'era passato e vissuto in quel luogo.

Nelle giornate di quell'inverno Stefano riprese a recarsi – bevuto un po' di vino – lungo la strada della casa dei gerani; non piú per sfogare nella camminata verso l'orizzonte un orgasmo ingenuo e veramente estivo, ma per lasciare che i pensieri lo cogliessero e aiutassero. Il vino lo rendeva indulgente e gli dava il coraggio tranquillo di vedersi da quella solitudine vivere nel paese come viveva. Quel se stesso di pochi istanti prima era come l'estraneo della vita anteriore, e persino l'ignoto ch'era stato nella cella. Che la strada per la quale passava fosse quella di Concia e della casa di lei, non significava gran che, e anzi l'impazientiva. Fu pensando alla barriera invisibile che aveva interposto tra sé e Concia, che sospettò la prima volta chiaramente il suo male e gli diede un nome risoluto.

Un giorno Barbariccia l'aveva seguito fuori del paese, senza perderlo di vista coi suoi occhietti rossi. Stefano era in compagnia di Gaetano; e Barbariccia si soffermava quando si soffermavano, e sogghignava quando lo vedevano, sempre a distanza. Gaetano gli aveva detto di andarsene.

Stefano se ne ricordò la sera, quando Barbariccia ricomparve davanti alla sua porta, esitante e immobile: si guardò intorno nel cortile e poi gli tese una mano, dove teneva una bustina ripiegata. Tra le dita annerite e dure spiccava la bianchezza della carta.

Quando comprese ch'era un messaggio, Stefano guardò il pezzente che gli rispose con due occhi immobili e scemi.

Lesse allora, scritto a matita malamente, su un foglietto quadrettato:

È idiota non vederci quando ne abbiamo il diritto (meglio però bruciare il foglio). Se desideri anche tu fare conoscenza e una franca discussione, passeggia verso le dieci domani sulla strada della montagna e siediti sul muretto dell'ultima svolta. Un saluto di solidarietà.

Barbariccia rideva mostrando le gengive. Qualche parola era stata ripassata inumidendo la matita, e il foglietto pareva avesse preso la pioggia.

– Ma chi è? – disse Stefano.

– Non lo dice? – chiese Barbariccia allungando il collo al foglietto. – Quel vostro paesano che sta lassú, comandato.

Stefano rilesse il foglio per imprimerselo in mente. Poi prese un cerino e l'accese, e lo tenne fra le dita finché non sentí la fiamma. Davanti al viso rischiarato di Barbariccia lasciò allora la carta involarsi e cadere a terra annerita.

– Gli dirai che sto male, – disse poi, frugandosi in tasca. – E che non posso disporre di me. E ascolta un consiglio: non portare piú lettere. Eh? Gli dirai che l'ho bruciata.

Stefano aveva sperato assurdamente che il biglietto venisse da Concia, ma gli era parso che anche per lei non si sarebbe mosso, e in un attimo solo aveva visto se stesso. Come in tutte le cose orribili che gli accadevano, c'era da ridere. E Stefano con buon umore aveva chiamato vigliaccheria la sua gelosa solitudine. Poi s'era disperato.

Ma la strada del poggio non l'aveva piú presa. Anche per questo andava invece per quella di Concia, e senza fermarsi.

Chi c'era sul poggio, lassú? Era stato prima che il pezzente facesse quella commissione. Stefano scherzava a denti stretti con Gaetano e questi d'improvviso l'aveva preso per i polsi tenendoglieli come ammanettati.

– State buono, ingegnere, se no vi mandiamo in quarantena anche voi.

Stefano s'era liberato guardandolo beffardo. – Il vostro amico è matto, – disse a Vincenzo fermo sull'angolo con loro. – Gli ha dato alla testa il caso di Catalano.

– Non parlavo di lui, – disse Gaetano con gli occhietti piú vispi, – dicevo che vi mandiamo lassú al monte.

– Non sapete? – intervenne Vincenzo, – che al paese vecchio il maresciallo ha confinato un vostro collega?

– Cos'è?

– Uh, non lo sa? – fece Gaetano. – Venne qui trasferito a tenervi compagnia un poco di buono, che prima cosa fece un discorso sovversivo al maresciallo. E il maresciallo, che vi vuol bene, gli comandò di stabilirsi al paese vecchio perché non facesse razza. Non ve l'ha detto?

Stefano guardò scuramente i due, giacché Vincenzo aggiunse: – Voi gli siete simpatico al maresciallo, non temete. Se mandava voi lassú, stavate peggio. Sono stradette tra le case, che non ci si rigira.

Stefano disse: – Quand'è stato?

– Otto giorni.

– Non ne sapevo niente.

– Quello è storto, – disse Vincenzo. – È un anarchico.

– È un fesso, – disse Gaetano. – Non si parla cosí al maresciallo. Parola, che ci godo.

– Ma lassú non è mica carcerato, – disse finalmente Stefano. – Potrà circolare.

– Che scherzate, ingegnere? Non deve scendere, e lassú non gli capiscono nemmeno l'italiano...

– È giovane?

– Carmineddo dice che porta la barba e non piace al parroco, perché è di pronta parola con le donne. Per ora sta seduto sul muricciuolo e guarda il panorama. Ma se allunga le mani, finisce che lo buttano in basso...

Il maresciallo che passava in bicicletta e si fermava, piede a terra, sulla piazza, s'era lasciato avvicinare da Stefano e aveva sorriso.

– ... Non ha nulla a che vedere con voi, – aveva risposto. – State tranquillo e non uscite dal paese. D'inverno le strade sono guaste.

– Capisco, – aveva mormorato Stefano.

Ora Stefano passava davanti alla casa di Concia e pensava all'aerea prigione lassú, a quel breve spazio campato nel cielo, che nei vacui sereni del mattino guardava a strapiombo sul mare. Un'altra parete s'era aggiunta al suo carcere, fatta questa di un vago terrore, di una colpevole inquietudine. Sul muricciuolo lassú sedeva un uomo, un compagno, abbandonato. Non c'era poi molto rischio nel concedergli una parola e visitarlo. L'appello aveva detto «solidarietà»: dunque usciva da quel gergo fanatico e quasi inumano, che in altri tempi si sarebbe espresso col precetto, piú dolce ma altrettanto grave, di visitare i carcerati. C'era pure qualcosa che faceva sorridere in quella «franca discussione» e in quei «diritti» – e forse il maresciallo quel giorno in bicicletta aveva sorriso ricordando parole consimili – ma la gaiezza non vinceva il rimorso. Stefano ammise di esser molto vigliacco.

Per vari giorni ebbe paura che Barbariccia tornasse a cercarlo, e ingannava la sua fantasia pensando all'anarchico e a Giannino insieme, carcerati entrambi ma risoluti come lui non era. Fantasticava il mondo intero come un carcere dove si è chiusi per le ragioni piú diverse ma tutte vere, e in ciò trovava un conforto. Le giornate si accorciarono ancora, e riprese a piovigginare.

Da quando era finita la stagione dei bagni, Stefano non si lavava piú. Nell'abbandono della stanza passeggiava inquieto la mattina per scaldarsi, e si radeva qualche volta dal malumore, ma da molte settimane non s'era piú veduto il torso nudo né le cosce. Sapeva d'aver persa l'abbronzatura estiva, e che un biancore sudicio era ormai la sua pelle; e quel giorno che a forza aveva riposseduta Elena, se n'era staccato al piú presto e rivestito nel buio, temendo, se indugiava, di puzzare.

Elena non era piú tornata, che lui sapesse. Passando nella bottega a pagare il mese, Stefano l'aveva veduta servire impassibile un avventore e poi sorridere con un certo distacco agli sforzi della grassa madre che voleva spiegare a lui qualcosa in dialetto. Eppure Stefano se n'era sentiti gli occhi addosso tutto il tempo, in una tensione non piú dolce né struggente ma di oscuro e quasi astioso possesso. Stefano d'un tratto le aveva ammiccato. Elena aveva abbassato il viso, scarlatta. Ma ancora non era tornata.

Nella semitenebra delle piogge spazzate soltanto da burrasche livide, Stefano toccò il fondo della solitudine. O rimaneva nella stanza sul braciere, o protetto di un ridicolo paracqua raggiungeva l'osteria, semideserta nel primo pomeriggio, e comandava un boccale. Ma ben presto scoperse che il tempo è nemico del vino. Si può cercare l'ubriachezza quando non si è soli, o, comunque, qualcosa ci attende e la sera è un'insolita sera. Ma quando le ore inalterate e uguali ci guardano bere e continuano indifferenti e l'ebrezza dilegua con la luce e altro tempo rimane da trascorrere; quando nulla accompagna l'ebrezza né le dà un significato; allora il vino è troppo assurdo. Stefano pensava che nulla sarebbe stato piú atroce che quello stesso boccale nella quotidiana cella di un tempo. Eppure anch'egli l'aveva desiderato. E certo anche Giannino doveva pensarci.

Forse Giannino, pensava Stefano, sarebbe felice di ubriacarsi una volta. Forse la prigione non è altro che questo: l'impossibilità di ubriacarsi, di distruggere il tempo, di vivere un'insolita sera. Ma Stefano sapeva di avere una cosa piú di Giannino: un caldo e incontenibile desiderio carnale che gli faceva scordare il disordine delle lenzuola e il sudiciume dei panni. Mentre, per lo meno all'inizio, la cella mortifica, come la malattia e la fame.

Nell'opacità di quegli ultimi giorni dell'anno, Stefano godé appunto l'estremo spiraglio di un tepore del suo corpo, di una favilla ancora accesa in lui, nella totale indifferenza di ogni altro contatto e avvenimento. Ci fu davvero qualche livido mattino in cui null'altro gli accadde se non di svegliarsi indolenzito dal desiderio. Era un triste risveglio, come di chi nel carcere abbia dimenticato nel sonno la solitudine. E tra le quattro pareti della chiusa giornata null'altro avveniva.

Stefano ne parlò senz'orgoglio con Gaetano.

– Chi sa perché d'inverno si è tanto eccitati?

Gaetano ascoltava, indulgente.

– A volte penso che sia il sole della spiaggia. Ne ho preso tanto quest'estate e ora lo sento... O forse è il pepe che mettete nelle salse... Comincio a capire le violenze carnali di Giannino e di voialtri. Mi sento tutto ficodindia. Non vedo che quaglie.

– Direi! – brontolava Gaetano. – L'uomo è sempre uomo.

– Che ne dice Pierino? – fece alla guardia di finanza che fumava contro il banco, ravvolto nella mantella.

– Ogni terra ha la sua malaria, – rispondeva quell'altro. – Chiedete un permesso al maresciallo.

– Fenoaltea, portatemi a caccia di quaglie, – piagnucolava Stefano.

Andarono a far due passi sulla strada degli ulivi, brulla anch'essa e solcata di rigagnoli. Camminando Stefano sbirciava la vetta del poggio.

– D'inverno non si va piú lassú?

– Che volete vedere? il panorama? – diceva Pierino.

– Intende per sgranchirsi le gambe, – rispondeva Gaetano soprapensiero.

– Se giraste per servizio, di notte, come tocca a me solo, non avreste bisogno di sgranchirvi le gambe.

– Ma voi servite il governo, – disse Stefano.

– Anche voi lo servite, ingegnere, – ribatté Pierino.

Sotto Natale il paese s'era un poco animato. Stefano aveva veduto ragazzi mocciosi e scalzi girare davanti alle case suonando trombette e triangoli e cantando con voci acute le buone feste. Poi attendevano pazienti che uscisse qualcuno – una donna, un vecchio –, che metteva nella sporta un po' di dolce o fichi secchi o arance o qualche soldo. Vennero anche nel suo cortile – due volte – e benché Stefano s'irritasse al clamore, fu contento che non l'avessero dimenticato e diede loro qualche soldo e una tavoletta di cioccolato. I ragazzi ricantarono la canzoncina – avevano gli occhi ridenti e fondi di Giannino, del meccanico, di tutti i giovani di quella terra – e lo lasciarono stupito di essersi commosso cosí a buon mercato.

Il negozio di commestibili di Fenoaltea lavorò assai in quei giorni e Gaetano era sempre al banco col padre e le zie. Venivano villani, povere donne, serve scalze, gente che non sempre mangiava pane; lasciavano alla porta il somarello bardato; e compravano, magari sul raccolto futuro, cannella, garofano, fior di farina, droghe, per i dolci di Natale. Il vecchio Fenoaltea diceva a Stefano: – È la nostra stagione. Se non ci fosse Natale, i morti di fame saremmo noi.

Venne pure Concia. Stefano, seduto su una cassa, guardava l'acciottolato e la sporca facciata dell'osteria di fronte, debolmente schiariti da un sole tiepido. Concia comparve sulla soglia, baldanzosa e diritta come un virgulto, quella di sempre. La stessa futile sottana intorno ai fianchi, le stesse gambe abbronzate: non era piú scalza, ma proprio sulla soglia tolse i piedi dalle pianelle senza chinarsi. Col vecchio Fenoaltea e con Gaetano parlò canzonando, e il vecchio rideva chino sul banco.

La madre di Gaetano, una donnetta grassa e grigia, prese a servire Concia, che tratto tratto volgendosi sbirciava Stefano e la porta.

– Come sta la bimba vostra? – disse ansimante la madre di Gaetano.

– La mia Toschina cresce bene, – ribatté Concia, sussultando sui fianchi. – I suoi parenti le vogliono bene.

Rise bonariamente anche la vecchia. Mentre Concia usciva ridendo, Stefano non seppe rivolgerle altro che un cenno di saluto indifferente. Concia dalla porta, infilandosi le pianelle, sogguardò ancora Stefano.

– Vi piace sempre? – chiese Gaetano a labbra strette, ma non sí che tutto il negozio non sentisse. Sua madre scuoteva il capo. Il vecchio Fenoaltea col suo sorriso grasso e cauto disse in giro: – Quella sí che è montanara.

– Che facciamo, via! – disse la madre.

Il giorno di Natale la vecchia dell'osteria, zia di Gaetano, gli offrí della torta drogata, quale si mangiava in tutte le case. Nessuno dei soliti avventori passava a discorrere. Stefano mangiò un po' di torta e poi s'incamminò verso casa, confrontando la sua solitudine con quella dell'anarchico lassú. Barbariccia era passato poco prima, sberrettandosi, a chiedere l'elemosina di Natale: sigarette e cerini, molti cerini. Non aveva ammiccato messaggi.

Verso sera venne Gaetano a cercarlo, nel cortile, dove non era venuto mai. Stefano allarmato uscí dalla stanza, per trattenerlo sulla soglia.

– Oh, Fenoaltea, che succede?...

Gaetano veniva a mantenere la promessa. Gli spiegò a bassa voce che la donna era trovata, ch'era tutto combinato col meccanico: concorrevano in quattro, il meccanico andava in città, la caricava sull'auto e l'avrebbero tenuta due giorni nella stanza del sarto.

– Sono cose da farsi a Natale? – balbettò Stefano ridendo.

Gaetano piccato rispose che non era per quel giorno. La ragazza – bella, la conosceva Antonino – voleva quaranta lire: bisognava quotarsi. – Ci state, ingegnere?

Stefano gli diede la moneta, per troncare il discorso. – Non vi dico d'entrare, perché è troppo sporco.

Gaetano disse volubile: – Siete ben sistemato qui. Per pulire vi ci vorrebbe una donna.

– Però, – disse Stefano. – È la prima volta che scelgo una donna al buio.

Gaetano disse: – Noialtri si fa sempre cosí, – e gli strinse la mano con effusione.

Stefano fumava la pipa un mattino all'osteria e vide entrare guardinghi Gaetano e il meccanico. Vedendo il viso asciutto di Beppe, pensò a Giannino che aveva fatto con lui l'ultimo viaggio. Gaetano serio gli toccava la spalla: – Venite, ingegnere –. Allora ricordò.

Il sarto, un ometto rosso, li accolse con mille cautele nella bottega. – Sta mangiando, – gli disse. – Ingegnere, riverito. Nessuno vi ha visti? Sta mangiando. Ha passato la notte con Antonino.

La porticina di legno del retro non voleva aprirsi. Stefano disse: – Andiamocene pure. Non vogliamo disturbare, – e spense la pipa.

Ma entrarono tutti ed entrò anche lui. La stanzettina aveva il soffitto obliquo, e la donna sedeva sul materasso disfatto, senza camicetta sí che mostrava le spalle, e mangiava col cucchiaio da una scodella. Levò gli occhi placidi in viso a tutti, tenendosi la scodella sulla sottana fra le ginocchia. I suoi piedi non toccavano terra, tanto che pareva una bambina grassa.

– Hai appetito eh? – disse il sarto, con una curiosa vocetta raschiante.

La donna fece un sorriso sciocco, indifferente, e poi quasi beato.

Gaetano le andò vicino e le prese la guancia fra le dita. La donna con malumore si svincolò e, deposta la scodella a terra, si posò le mani sulle ginocchia fissando in attesa, forse credendo di sorridere, i tre uomini. Stefano disse: – Non bisogna interrompere i pasti. Ora andiamo.

Fuori respirò l'aria fredda e smarrita. – Quando vorrete, ingegnere, – gli disse subito Gaetano, alla spalla.

La cosa piú strana era questa: era inverno e apparivano indizi della primavera. Certi ragazzi, dalla sciarpa intorno al collo, passavano scalzi. Qualche verde spuntava nei fossi lungo i campi brulli; e il mandorlo tendeva sul cielo rami pallidi.

Dileguate le piogge, anche il mare ridivenne tenero e chiaro. Stefano, nell'aria fresca, riprese a camminare sulla spiaggia, fantasticando oziosamente che la fine dell'inverno l'avesse annunciata Concia scalza, fin dal giorno di quel suo ingresso nel negozio. Il mare pareva un prato, ma i mattini e le notti eran diacci, e Stefano si scaldava ancora al catino di cenere. La campagna era fango indurito; Stefano la vedeva già colorirsi e ingiallire e ricongiungersi all'estate, e concludere il ciclo delle stagioni. Quante volte vi avrebbe assistito laggiú?

Anche Giannino vedeva finire l'inverno, dal colore dell'aria della sua finestretta. Quante volte vi avrebbe assistito? Per fuggevoli e scarsi che fossero i suoi indizi della primavera – una nuvola o un filo d'erba nel cortile del passeggio – era cosa certa che anche un taciturno come lui ci si doveva abbandonare con struggimento. Forse la grazia della primavera gli riportava a mente qualche tenero ricordo di donna – forse Giannino rideva di essere proprio carcerato per questo – certo, se non sentiva le stagioni e i colori del mondo, Giannino sentiva la bellezza di un grembo, di un gesto femminile, di una scherzosa oscenità. Chi sa che la sua Carmela non fosse contenta pensando che adesso non poteva piú andare a caccia di quaglie.

– Don Giannino Catalano attende il processo per marzo, si ricorda di voi, e vi saluta, ingegnere, – aveva detto il meccanico.

Ripartita la piccola donna – che Stefano non aveva toccato, pur chiudendosi con lei qualche minuto per non essere scortese verso Gaetano – a Stefano accadde un fatto che la sua fantasia interpretò infantilmente come un oscuro compenso della Provvidenza. Trovò sul suo tavolo, rientrando la sera, un mazzetto di fiori rossi, ignoti, in un bicchiere, e accanto un piatto, sotto un altro piatto capovolto, di carne arrostita. La stanza era rifatta e spazzata. La valigia, sul tavolino nudo, piena fino all'orlo di biancheria lavata.

Nei pochi istanti ch'era stato nel covo, Stefano senza sedersi sul materasso aveva chiesto alla donna se era stanca, le aveva dato da fumare e, pur sapendo di farlo solamente per disgusto, s'era astenuto da lei. Le aveva detto: – Vengo solo a salutarti, – sorridendo per non offenderla; e l'aveva guardata fumare, cosí piccola e grassa, i capelli viziosi sulle spalle, il reggiseno rosa e innocente, dal ricamo consunto.

E adesso, in quella riconciliazione che Elena gli proponeva col mazzetto di fiori, Stefano vide un'ingenua promessa di pace, un assurdo compenso, che piú che da Elena gli veniva dalla sorte, per la sua buona azione. Naturalmente Annetta l'aveva rispettata per semplice disappetenza, ma Stefano non fece in tempo a sorridere della sua ipocrita ingenuità, che lo prese un terrore. Quello della spiaggia, del ficodindia, del succo verde penetrato nel sangue. Il sospetto della mattina che aveva saputo di Giannino e camminato indocile sentendosi ghermire dallo spirito di quella terra. «Meno male che stavolta non piango».

Non solo non piangeva, ma la sua agitazione aveva qualcosa di gaio e d'irresponsabile. Che una buona azione potesse venire oscuramente premiata da un mazzo di fiori, l'aveva sempre temuto. Ma ecco che adesso poteva dare un nome alla cosa: superstizione, crassa superstizione, quella dei villani che levavano il capo a quel cielo e sbucavano sull'asino da sotto gli ulivi.

Mortificato, Stefano cercò di valutare il gesto di Elena, poiché ormai sapeva di averla in sua mano e poterla chiamare o respingere, a piacere. Cenava intanto con la carne arrostita di quel piatto, e la trovava cosí saporita che pensò di mangiar subito l'arancia e tornar dopo alla carne.

C'era qualcosa di mordente nella carne, che Stefano risentí sulla lingua succhiando l'arancia. Pepare e drogare forte era l'usanza del paese e tanto piú sotto le feste, ma Stefano ebbe un altro sospetto. Per un istante immaginò che Elena si volesse vendicare e gettargli nel sangue un incendio. Anche i bizzarri fiori rossi lo dicevano. Ma in quel caso valeva la pena di avere riguardi? Stefano, imbaldanzito dalla recente astinenza, se la rise e mangiò con piú foga.

Elena la vide l'indomani traversare tranquilla il cortile, e l'attese alla porta. Si guardarono imbarazzati. Stefano, che aveva dormito in pace, si scostò, la fece entrare, e dalla soglia le mandò un bacio con le labbra. L'occhiata di lei fu quasi furtiva, ma al primo passo di Stefano scosse il capo inquieta. – D'or innanzi non ti toccherò piú, sei contenta? – disse Stefano, e se ne andò avendo visto Elena immobile in mezzo alla stanza, sorpresa.

Stefano cominciò a capire quanta forza gli veniva da quella povera Annetta casualmente rispettata. Non da lei; ma dal suo proprio corpo, che trovava un equilibrio in se stesso e ridava un'energica pace anche all'animo. Si disse quant'era sciocco ch'egli avesse cercato con orgoglio d'isolare i suoi pensieri, e lasciato il suo corpo sfibrarsi nel grembo di Elena. Per essere solo davvero, bastava un nonnulla: astenersi.

Gaetano e il meccanico all'osteria riparlarono d'Annetta. Stefano li ascoltava sornione, ben sapendo che un giorno avrebbe dovuto piegarsi. Ma allora avrebbe cercato Elena. Ascoltava compunto per mettere alla prova il suo distacco.

Disse il meccanico: – Chi sa l'amico come se la sognerebbe l'Annetta!

– Voi siete fortunato, ingegnere, – disse Gaetano, – nemmeno le donne vi si lascia mancare.

Stefano disse: – Però non è giusto che Giannino, carcerato perché faceva all'amore, non possa almeno distrarsi con quella che l'ha messo nei guai.

– Vorreste trasformare la giustizia, – disse il meccanico. – Allora che prigione sarebbe?

– Voi credete che la prigione consista nell'astinenza?

– Come no?

Gaetano ascoltava soprapensiero.

– Vi sbagliate, – disse Stefano, – la prigione consiste nel diventare un foglio di carta.

Gaetano e il meccanico non risposero. Gaetano

anzi fece un segno alla vecchia padrona, che gli portasse il mazzo di carte. Poi, siccome entrò Barbariccia a seccarli, il discorso si spense.

La primavera era illusoria, e la campagna desolata. Dalla spiaggia, triste perché non ci si poteva nemmeno nuotare, Stefano certe mattine spaziava nella luce fredda lo sguardo sulle casette acri e rosee, come in quei giorni lontani del luglio. Sarebbe venuto – doveva venire – un mattino che Stefano dal treno avrebbe veduto l'ultima volta il poggio a picco. Ma quante estati dovevano ancora passare? Stefano invidiò persino l'anarchico relegato lassú, che vedeva pianure, orizzonti e la costa, come un gioco minuscolo attraverso l'aria; in fondo, la nuvola azzurra del mare; e tutto aveva per lui la bellezza di un paese inesplorato, come un sogno. Ma rivide pure l'angustia delle viuzze e delle finestre, le quattro case a perpendicolo sull'abisso, ed ebbe vergogna della sua viltà.

Gliel'aveva detto anche Pierino, la guardia di finanza, che il maresciallo ormai si fidava di lui, chiedendosi persino se piú che colpevole non fosse stato fesso; e Stefano cominciò a spingersi sornione per la strada del poggio, fra gli ulivi, sperando di esser visto di lassú. Dell'anarchico aveva sentito notizie da una donnetta scesa a comprare nel negozio di Gaetano: giocava coi bambini sul piazzale della chiesa, dormiva in un fienile, e passava la sera a discutere nelle stalle. Stefano non avrebbe voluto incontrarlo – viveva ormai di abitudini, e le convinzioni di quel tale, e quella barba, l'avrebbero scosso – ma a dargli il conforto di non sentirsi abbandonato, era disposto.

Passeggiava quindi verso il tramonto sulla strada del poggio, si sedeva su un tronco che guardava una valletta presso la casa cantoniera, e fumava la pipa, come avrebbe fatto Giannino.

Una volta, nell'estate, s'era appena seduto su quello stesso tronco, che aveva sentito uno scalpiccio, e un gruppo di uomini magri – contadini, manovali – era passato, preceduto da un prete in stola. Quattro giovanotti portavano una bara, sulle spalle brune, a maniche rimboccate, ogni tanto asciugandosi la fronte col braccio libero. Nessuno parlava; procedevano a passi disordinati, levando un polverone rossastro. Stefano s'era alzato dal tronco, per rendere omaggio al morto ignoto, e molte teste s'erano voltate a guardarlo. Stefano ricordava di essersi detto che per tutta la vita avrebbe sentito lo scalpiccio di quella turba nell'immobile frescura del tramonto polveroso. Ecco invece che l'aveva già scordato.

Quante volte, specialmente i primi tempi, Stefano si era riempiti gli occhi e il cuore di una scena, di un gesto, di un paesaggio, dicendosi: «Ecco, questo sarà il mio piú vivo ricordo del passato; ci penserò l'ultimo giorno come al simbolo di tutta questa vita; lo *godrò*, allora». Cosí si faceva in carcere, scegliendo una giornata sulle altre, un istante sugli altri, e dicendo: «Devo abbandonarmi, sentire a fondo quest'istante, lasciarlo trascorrere immobile, nel suo silenzio, perché sarà il *carcere* di tutta la mia vita e lo ritroverò, una volta libero, in me stesso». E questi attimi, com'erano scelti, cosí dileguavano.

Doveva conoscerne molti l'anarchico, che viveva a una perenne finestra. Se pure non pensava a tutt'altro e per lui la prigione e il confino non erano come l'aria la condizione stessa della vita. Pensando a lui, pensando al carcere passato, Stefano sospettava un'altra razza, di tempra inumana, cresciuta alle celle, come un popolo sotterraneo. Eppure quell'essere che giocava in piazza coi bambini, era insomma piú semplice e umano di lui.

Stefano sapeva che la sua angoscia e tensione perenne nascevano dal provvisorio, dal suo dipendere da un foglio di carta, dalla valigia sempre aperta sul tavolo. Quanti anni sarebbe restato laggiú? Se gli avessero detto per tutta la vita, forse avrebbe vissuto i suoi giorni piú in calma.

In un mattino di umido sole, a gennaio, passò sullo stradale un'automobile veloce, carica di valige, che non rallentò neppure. Stefano levò appena gli occhi, e rivisse un altro istante dimenticato dell'estate.

Nel sole torrido del mezzodí s'era fermata un'automobile davanti all'osteria. Bella, sinuosa e impolverata, d'un color chiaro di crema, dal docile e quasi umano arresto, s'era accostata al marciapiedi privo di ombra; e n'era scesa una donna slanciata, in giacchetta verde e occhiali neri, una straniera. Stefano tornava allora dalla spiaggia, e guardava dalla soglia la strada vuota. La donna s'era guardata attorno, aveva fissata la porta (Stefano capí poi che il riverbero del sole la ottenebrava) e voltandosi era risalita sulla macchina, s'era chinata e ripartita, in un lieve fruscio che un poco di polvere aveva involato.

A volte, a Stefano pareva di esser là da pochi giorni e che tutti i suoi ricordi fossero soltanto fantasie come Concia, come Giannino e l'anarchico. Ascoltava le chiacchiere del calvo Vincenzo che all'osteria, mentre lui mangiava, fino all'ultimo leggeva il giornale.

– Vedete, ingegnere: «Tempo mosso». Sempre i

soliti, i giornali. Domando a voi se la marina non è un olio, quest'oggi.

Per la porta si vedevano i ciottoli e una fetta del muro di Gaetano, tranquilli nell'umido sole. Dei ragazzi vociavano giú per la strada, invisibili.

– È quasi il tempo della pesca delle seppie. Non l'avete mai veduta? Vero, siete arrivato in giugno, l'altr'anno... Si fa di notte, con la lampada e l'acchiappafarfalle. Dovreste chiedere il permesso...

Sulla soglia comparve il maresciallo, nero e rosso, faccia inquieta da perlustrazione.

– Vi cercavo, ingegnere. Sapete la nuova?... Finite, finite di mangiare.

Stefano saltò in piedi.

– Hanno respinto il ricorso, ma vi hanno concesso il condono. Da stamattina siete libero, ingegnere.

Nei due giorni che Stefano attese il foglio di via, il crollo delle sue abitudini fondate sul vuoto monotono del tempo, lo lasciò come trasognato e scontento. La valigia che aveva temuto di non fare in tempo a preparare, la chiuse in un batter d'occhi, e dovette riaprirla per cambiarsi le calze. Dalla madre di Giannino non osò prendere commiato, per timore di farla soffrire con la sua libertà insolente. Continuò a gironzolare dalla sua stanza all'osteria, incapace di fare una corsa piú lontano, di salutare a uno a uno i luoghi deserti, pallidi, della campagna e del mare, che tante volte aveva divorato con gli occhi, nel tedio esasperato, dicendosi: «Verrà l'ultima volta, e rivivrò quest'istante».

Gaetano e Pierino corsero a cercarlo in casa. Stefano, che mai aveva vista la sporcizia della sua stanza come adesso che ci avrebbe dormito per l'ultima volta, li fece entrare e sedere sul letto, ridendo scioccamente dei mucchi di cartaccia, dei rifiuti e della cenere buttata negli angoli. Gaetano diceva: – Se passate da Fossano, salutatemi le ragazze –. Discussero insieme gli orari dei treni, le stazioni e i diretti, e Stefano incaricò Pierino di ricordarlo a Giannino.

– Gli direte che dà piú soddisfazione uscir di carcere che non dal confino. Oltre le sbarre tutto il mondo è bello, mentre la vita di confino è come l'altra, solo un po' piú sporca.

Poi prese il coraggio alla gola, e di sera nell'ora proibita entrò nel piccolo negozio. La madre era già a letto; venne Elena sotto la bianca acetilene a servirlo. Le disse che pagava la stanza, perché tornava a casa; poi attese un momento, nel silenzio, e disse che il resto, nulla avrebbe potuto pagarlo.

Elena con la sua voce roca balbettò imbarazzata: – Non si vuole bene per essere pagati.

«Volevo dir la pulizia», pensò Stefano, ma tacque e le prese la mano inerte e la serrò, senza levare gli occhi. Elena, dall'altra parte del banco, non si muoveva.

– A casa chi ti aspetta? – disse piano.

– Non ho nessuna e sarò solo, – rispose Stefano, accigliandosi senza sforzo. – Vuoi venire stanotte?

Non dormí quella notte e ascoltò passare i due treni, della sera e dell'alba, con una delusa impazienza, anticipandone il fragore e trovandolo mancato. Elena non venne, e non venne al mattino, e spuntò invece il ragazzo dell'anfora a chiedere se voleva che andasse a prendergli l'acqua. Doveva aver saputo le novità, cosí bruno e monello com'era, e Stefano gli diede la lira che i suoi occhi chiedevano. Vincenzino scappò via saltando.

Nella mattina salí al Municipio dove gli fecero

i rallegramenti e gli diedero un'ultima lettera. Poi andò all'osteria dove non c'era nessuno. Sarebbe partito alle quattro di quel pomeriggio.

Traversò la strada per salutare Fenoaltea padre. Trovò pure Gaetano, che lo prese a braccetto e uscí con lui cominciando un discorso dove gli chiedeva di scrivere se potesse trovargli un buon posto lassú. Stefano non pensò di chiedere che lavoro.

Vennero allora Beppe, Vincenzo, Pierino, e degli altri, e fecero una bicchierata e poi fumarono discorrendo. Qualcuno propose di giocare alle carte, ma la proposta cadde.

Appena mangiato, Stefano andò a casa, traversò il cortile, prese la valigia già chiusa, si guardò appena intorno e uscí nel cortile. Qui si fermò di fronte al mare, un istante – il mare che si vedeva appena, di là dal terrapieno – e poi girò il sentiero e risalí sulla strada.

Ritornando verso l'osteria salutava con un cenno qualcuno dei bottegai che conosceva. La soglia d'Elena era deserta.

All'osteria trovò Vincenzo, e parlarono un'ultima volta di Giannino. Stefano aveva pensato di fare un passo sulla strada dell'argine, davanti alla casa di Concia, ma poi giunsero Pierino e gli altri, e attese con loro le quattro.

Quando, entrati nella stazione, pazientarono tutti sulla banchina e si sentí finalmente il tintinnio segnalatore del treno, Stefano stava sbirciando il paese antico che sporgeva miracolosamente sul tetto, quasi a portata di mano. Poi vide, contemporaneamente, il treno lontano, alla svolta; il capostazione sbucare gigantesco e farli indietreggiare tutti quanti; e davanti, oltre il canneto, il mare pallido che parve gonfiarsi nel vuoto. Stefano ebbe l'illusione, mentre il treno giungeva, che turbinassero nel vortice come foglie spazzate i visi e i nomi di quelli che non erano là.

Assonanze

Terra d'esilio (1936) di Cesare Pavese, in *Racconti*, Einaudi, 1953.

1.

Sbalzato per strane vicende di lavoro proprio in fondo all'Italia, mi sentivo assai solo e consideravo quello sporco paesello un po' come un castigo, – quale attende, una volta almeno nella vita, ciascuno di noi, – un po' come un buon ritiro dove raccogliermi e fare bizzarre esperienze. E castigo fu, per tutti i mesi che ci stetti; mentre di osservazioni esotiche andai non poco deluso. Io sono un piemontese e guardavo con occhi tanto scontrosi le cose di laggiú, che il loro probabile significato mi sfuggiva. Mentre, gli asinelli, le brocche alla finestra, le salse screziate, gli urli delle vecchiacce e i pezzenti, tutto ricordo ora, in modo cosí violento e misterioso, che davvero rimpiango di non avervi messo un'attenzione piú cordiale. E se ripenso all'intensità con cui allora rimpiangevo i cieli e le strade del Piemonte, – dove ora vivo tanto inquieto, – non posso concludere altro che cosí siamo fatti: solo ciò che è trascorso o mutato o scomparso ci rivela il suo volto reale.

Laggiú c'era il mare. Un mare remoto e slavato, che ancor oggi vaneggia dietro ogni mia malinconia. Là finiva ogni terra su spiagge brulle e basse, in un'immensità vaga. C'eran giorni che, seduto sulle ghiaie, fissavo certi nuvoloni accumulati all'orizzonte marino, con un senso di apprensione. Avrei voluto tutto vuoto oltre quella balza disumana.

La spiaggia era desolata, ma non repellente. Volentieri – tanta era la noia nel paese – vi camminavo, al mattino o verso sera, seguendo la zona dei ciottoli per non faticare nella sabbia; e mi sforzavo di godere i cespuglietti di geranio fiorito o le foglie potenti d'agave. Ogni volta mi indisponeva il tallo sabbioso di qualche ficodindia divelto o sconquassato, dove la polpa verde di certe foglie era dissec-cata e rivelava il reticolo delle fibre.

Ricordo un mattino di luglio, tanto intenso che il mare non si staccava sul cielo. A pochi passi sopra il greto, s'attruppavano le barche scolorite e consunte; e qualcuna reclinata, pareva riposare dalla pesca notturna. Le onde alla riva frusciavano appena, come schiacciate dall'immane distesa d'acqua.

Seduto all'ombra contro una barca vidi il confinato operaio. Guardava verso la collina, alla vetta biancorocciosa di muraglioni, dov'era la frazione antica del paese. Pareva incantato da quella lucidità di cielo, che alleggeriva e velava ogni cosa. Al mio passaggio non si volse. Aveva il berretto a visiera tirato sugli occhi, e l'abito marrone sdrucito ai gomiti e informe alle ginocchia.

Quando fui oltre, mi sentii chiamare. Dalla tasca mi sporgeva ben riconoscibile un giornale di Torino.

Mentre il giovanotto leggeva, io respiravo rannicchiato all'ombra della barca. C'era un odore di legno assolato e di sabbia bruciante. – Non fa il bagno? – gli chiesi, dopo un po'.

– Questi giornali dicono tutti le stesse cose, –

rispose l'altro, e si frugò in tasca. – Non ha da fumare?

Gli diedi da fumare. Cominciai a spogliarmi nel sole.

– Non sono un politico, – riprese. – Io sui giornali non cerco la politica. Mi fa piacere leggere quello che succede a casa. Invece parlano solo di politica.

– Credevo fosse...

– Io sono un comune, – tagliò quello, svelto. – Ho preso a pugni un milite, ma sono un comune –. Si tirò il berretto sugli occhi. – Gliele ho date per motivi personali.

M'infilai le mutandine e sedetti nel sole. Guardavo verso il mare tremolante e immobile. Pregustavo la schiuma delle bracciate, la freschezza del fondo, le screziature del sole sott'acqua. Mi faceva senso quel corpo vestito, che travedevo sotto la barca. Lunghe maniche, calzoni pesanti, berretto calcato: come non soffocava?

– Fa il bagno? – chiesi di nuovo.

– Preferisco l'acqua di fiume, – rispose assorto.

– Qui non ce n'è, – dissi.

Tornai a riva grondante e mi buttai sulla sabbia. Tenevo gli occhi chiusi.

Quando li riaprii e mi sedetti, diedi uno sguardo smarrito alla costa. Sul pallore disperato delle piante grasse e delle vicine case rosa picchiava sempre quel sole. Il mio vestito faceva una macchia scura presso la barca.

– È anche lei confinato? – gridò di là il giovanotto.

– Qui lo siamo un po' tutti, – dissi forte. – L'unico sollievo è andare in acqua.

– E d'inverno, che sollievo c'è?

– D'inverno si pensa ai nostri paesi.

– Io ci penso anche d'estate.

Mi venne vicino e si sedette sulla sabbia. S'era tolta la giacca e portava una camicia scura, senza maniche.

– A che paesi crede pensi la gente di qui? – chiese.

– Pensano all'alta Italia piú di noi.

– Sí, ma il loro paese è questo. A loro non manca niente.

Attraverso la via ferrata, tra la spiaggia e le prime case scrostate della frazione marina, passava un gruppo di donne. Andavano al loro angolo tra gli scogli, su per la costa, a prendere il bagno. Erano vecchie, vestite di marrone e basse, e tra loro una ragazza in bianco.

Dissi qualcosa. – Certo nel Po si nuota meglio. C'è meno sole e piú comodità.

– Dove abitava lei a Torino?

Glielo dissi.

– Ma che cosa fa in questo paese?

– Lavoro alla strada provinciale. Sono l'ingegnere.

Il confinato si fregò il naso col dorso della mano. – Io ero meccanico, – disse, guardandomi. – Riceve posta lei da Torino?

– Ogni tanto.

– Io ne ho ricevuto l'altro giorno, – e si cavò di tasca una cartolina con la veduta della stazione. – Conosce questo posto?

Guardai un po', sorridendo, l'illustrazione e gliela restituii, imbarazzato.

– Ci sono i saluti di una ragazza. Se mi manda i saluti vuol dire che mi fa le corna. Io le conosco.

La vanteria mi dispiacque. Accesi una sigaretta senza rispondere: aspettavo il resto. Ma l'altro tacque. Dopo un po' mi rese il giornale, con un brusco saluto, e se ne andò, incespicando nella sabbia.

II.

Certe sere, di ritorno dal lavoro, attraversavo il paese marino e mi riusciva ogni volta incomprensibile che, per qualche suo figlio sparso nel mondo, quella terra fosse l'unica, il suggello e il rifugio della vita. Non pensavo alla scarsità dei campi e delle acque, alla falsa bizzarria delle piante grasse e contorte, alla nudità della costa. Queste cose sono solo natura e io stesso le combattevo asfaltando una strada.

Ostico e vuoto era proprio il vivere della gente: parole e fogge di una sciatta realtà, che snaturavano resti di un remoto impenetrabile. Con un'indolente vivacità gli uomini uscivano a tutte le ore dalle casupole per recarsi dal barbiere. Pareva non prendessero sul serio la giornata. Passavano il tempo in strada o seduti sulle porte a chiacchierare, e parlavano quel dialetto che, lontano, sulle montagne dell'interno serviva ai mandriani e ai carbonai. Forse di notte lavoravano, o nascosti, nelle case gelose e soffocanti, ma alla luce del sole, dal mattino alla sera, parevano soltanto ospiti annoiati, in libertà. E nessuno voleva vedere in strada la sua donna. Uscivano le vecchie, uscivano le bambine, ma le spose, le fiorenti, non uscivano.

Per questo, certo, il paese era inamabile. Quegli uomini parevano starci provvisori. Non s'incarnavano con le sue campagne e le sue strade. Non le possedevano. Vi erano come sradicati, e la loro perenne vivacità tradiva un'inquietudine animale.

Pure, sull'imbrunire, s'addolciva sotto il cielo anche il paese. Veniva dalla marina un poco d'aria e per le strade rotolavano i bambini seminudi, e le vecchie strillavano. Dalle porte esalava tanfo di fritto e io solevo sedermi a un'osteria, di fronte alla stazione deserta. Guardavo passare il gregge di capre, che dava il latte al paese, e m'insonnolivo nella penombra, assaporando la solitudine. Mi tuffavo in un'amara commozione al pensiero che alle mie spalle, oltre le montagne, continuava a vivere il grande mondo e che un giorno l'avrei riattraversato. C'era laggiú chi mi aspettava e questa sicurezza mi dava un tacito distacco da ogni cosa e ad ogni tedio un'indulgenza trasognata. Accendevo una sigaretta.

Subito sbucava Ciccio. – Cavaliere, mi date qualcosa?

E, fregandosi le mani in attesa: – Sono fumatore anch'io.

– Grazie: servitore.

Ciccio era piccolo, tutto abbronzato, con la barbetta grigia e gli occhi furbi. Si drappeggiava in un mantello scolorito e aveva i piedi avvolti in pezze assicurate da cinghiette. Quando aveva speso le elemosine in vino, si teneva nascosto per non dare brutto spettacolo di sé. Veniva da un paese dell'interno, e la sua leggenda era nota. A me ne avevano parlato – come di ogni loro cosa – con orgoglio.

Ciccio era scemo e ogni tanto lo prendeva un parossismo, per cui inveiva all'aria per la strada contro certi suoi fantasmi. L'aveva ridotto cosí la moglie, scomparendo con un tale. E Ciccio piantò tutto, lavoro casa e dignità, e frugò per un anno quelle coste, senza sapere chi cercasse. Poi lo misero all'ospedale, ma lui non volle e ritornò nei suoi paesi e diventò il vero Ciccio, il mendicante simbolico, che preferiva un mozzicone o un bicchierotto a un grosso piatto di minestra.

Quando all'osteria si giocava alle carte, lo scacciavano come seccatore. Ma quando si annoiavano o passava un forestiero, Ciccio valeva oro. Era un esempio convincente della passionalità locale.

Nei primi tempi del suo accattonaggio, era stato carcerato varie volte su per quella costa e glien'era rimasto un tale orrore per il chiuso, che anche d'inverno dormiva sotto i ponti. – Altrimenti che soffrire sarebbe? – mi spiegò tutto d'un colpo con la voce arrangolata. Pensai sovente a questa frase. Gli erano forse sopravvissuti dei rimorsi, che ora dessero un motivo alla sua vita? Ciccio non era, benché tocco, sempre stupido. Un tracollo come il suo, una sofferenza da inebetirlo, poteva bene avergli portato in luce una sua colpa vera o presunta e troncato il diritto ai lamenti. Ma a questo modo – privo pure del conforto di gridare all'ingiustizia – Ciccio sarebbe stato davvero troppo infelice. A quel tempo preferivo credere che avesse parlato senza senso, come del resto elemosinando faceva anche troppo.

A certe villane indiscrezioni sulle sue disgrazie, Ciccio rispondeva con un garbuglio di ragioni che deviavano il discorso. Quando arrivò di città la biondina, fatta venire di nascosto e accomunata per due giorni nella macelleria, a Ciccio il macellaio stesso spiegò: – Vedi, Ciccio, dovevi ammazzarla tua moglie Adesso fa anche lei la puttana, come questa –. Ma Ciccio con aria furba: – Se la donna fa peccato, il piacere è suo e il peccato è dell'uomo. In quanto che sappiamo ancora divertirci...

III.

Di notte mi facevo venir sonno, sedendo sulla spiaggia e ascoltando lo sciacquio del mare nel buio. A volte stavo in albergo studiando la mappa dei lavori o rileggendo i miei giornali, e fumando fantasticavo sul trasferimento che non poteva tardare.

Una sera irrequieto tornavo dalla spiaggia in paese, quando una voce mi chiamò. Mi volto e travedo l'operaio torinese seduto su un muricciolo. Mi stupí: sapevo che il suo regolamento gli vietava di uscire a quell'ora.

– Come va, Otino?

Mi diede una sigaretta e ci mettemmo a passeggiare sulla strada fiancheggiata da uliveti. C'era l'aspro profumo delle campagne di settembre sotto il cielo fresco. Il confinato non parlava. Camminammo un cinquanta metri, poi ritornammo, passando e ripassando davanti alle bicocche in cui lui abitava.

– È un sistema ben trovato per stare in casa e prendere l'aria, tutto insieme, – dissi finalmente.

L'altro taceva; per quanto vedevo, con le labbra serrate. E fissava la terra, dove camminava.

– Ha ancora molto da scontare?

Neanche questa volta mi badò, ma con una specie di sforzo, quasi avesse la gola tagliata, disse senza guardarmi:

– Rompo la testa a qualcuno.

Mi arrestai, lo afferrai per un braccio: – Cosa diavolo succede?

Quello si svincolò e si fermò. – Non dico a lei, – borbottò scontrosamente. – Le donne sono carogne. Io sto qui a fare il frate e quella si fa sbattere.

– Quella della cartolina? Se le scrive.

Il meccanico mi fissò con odio. – Era mia moglie.

Lo guardai atterrito.

– Quand'ero dentro, veniva tutti i giorni a vedermi e piangeva e voleva venire con me. Ma come faceva a vivere qui? Qui non ci sono fabbriche. Poi l'ho capita e le ho scritto di venire. Lei non mi ha piú risposto. In questo momento è a letto con qualcuno.

– Ma non siete...?

– Stavamo insieme –. Si raschiò la gola e io guardavo in terra.

– Già, – dissi poi, confuso.

C'eravamo appoggiati al muricciolo, dove il meccanico sedeva prima. Il frastaglio nero degli ulivi ci faceva intorno un muro. Il mio compagno respirava come avesse le costole fiaccate. Poi, scattando: – Camminiamo –. Riprendemmo, di buon passo.

– Ma che non le scriva, – cominciai io a un certo punto, – non vuole ancora dire...

– Storie, – tagliò quello, – non lei. Non è una donna a posto. Anche quando c'ero, mi toccava ricominciare tutti i giorni. Non lasciava mai capire la sua idea. Non che mi comandasse, ma era dura, dura. Sono stato tranquillo solo quando l'ho vista piangere. Per due anni l'ho tenuta. Allora, me l'ha fatta –. Dicendo queste cose, pareva attanagliato. Esitava a parlare e trattenersi non poteva. I muscoli della mascella tesi gli facevano una faccia ancor piú scarna.

– Perché non le scrive lei, Otino? Le ragazze di Torino sono gentili. Vorrà ben rispondere.

– Non lei. Sei mesi fa le ho scritto, che venisse, subito, tre lettere le ho scritto. Ha veduto la risposta.

Continuò a parlare nella sua tana ammobiliata. Mi chiarí che era al confino per aver cacciata a pugni la politica in testa a un milite che corteggiava quella donna. Ne aveva per cinque anni e non era ancor finito il primo. Voleva dare la testa nei muri.

– Perché non fa una domanda di grazia? – chiesi cauto.

– La domanda? La farò, – disse fissando rabbioso la candela. – La farò. Bisogna... Tanto mi prenderò vent'anni, – aggiunse secco. – Se ritorno.

Lo guardavo, a disagio. C'era un tavolo tarlato, carico di giornali accartocciati, un piatto sporco, e la candela accesa, piantata in una bottiglia. Un odor misto di sudore, di fumo e di letto opprimeva quella luce.

Camminava in su e in giú. Dallo sgabello, dove mi aveva seduto, lo scrutavo. Conoscevo quel suo tipo brusco e taciturno. Non sapevo piú che dirgli.

– E non ne può piú fare a meno di questa ragazza? – azzardai infine.

– Ne faccio a meno! – gridò. – Ne ho fatto a meno per un anno –. E si appoggiò alla parete. – Ne farò a meno ancora. Ma che lei faccia a meno di me, non voglio.

– Adesso lo sa, – riprese secco. – Senta, le parlo da amico, anche se non lo siamo. Se ha una ragazza, la ingravidi. È l'unico modo per tenerla.

– Ci vuole calma.

IV.

Nel tedio della giornata e del paese, l'ossessione del confinato che passeggiava senza pace la stanza o la spiaggia, sempre solo, gli occhi fissi, mi teneva compagnia. Si lasciava vedere poco – gli ricordavo il suo dolore – ma bastava un saluto a distanza o che lo sentissi nominare, per accorgermi con un insolito sussulto che non ero solo, in quella terra abbandonata, e che qualcuno ci soffriva come avrei potuto soffrir io. La pena, quasi un rimorso, che l'esasperazione dell'esiliato mi inferiva, mi strappò l'ultimo interesse che potevo sentire per quella vita. Anelavo ormai di andarmene come da un'isola deserta. Eppure, avvicinandosi il giorno probabile del commiato, sempre piú mi abbandonavo con un'amara compiacenza all'atmosfera desolante di quel luogo.

Fra i terrazzieri della mia strada, ne avevo alcuni che erano stati per il mondo senza farci nessuna fortuna, o dissipandola. Me li trovavo all'alba, spelacchiati, sulla soglia della baracca che avevamo drizzato in testa al ponte della foce, già finito. Fumavo con loro all'aria fredda, contro il basso orizzonte marino, tirando umide boccate.

I terrazzieri cicalavano.

– La mattina a Niú Orleàn stavo a letto con la femmina. Il lavoro era poco e la vita era facile. Maledetta la stagione che son tornato alla fiumara.

– La fortuna è la fortuna. Se ti metti a lavorare sei fregato.

– Bisogna chiederlo a Vincenzo Catalano che strofinava le carene dei vapori e dormiva per terra insieme ai negri.

– Non bisogna essere fessi. Sono i paesani che ti fregano.

– Solamente per il mondo si sta bene.

– Basta andare in Altitalia.

– Basta non essere fessi.

– C'era un viale di palme in riva al mare, dove

una volta camminai dal mattino alla sera senza veder la fine. A notte ero ancora in città e fu dentro quel caffè che incontrai...

Mi toccava fare il sorvegliante, ora che il ponte era finito. Stare a guardare quei tre o quattro che mettessero fuoco alla caldaia e piantassero i picchetti, era ormai tutto il mio lavoro. Presso la caldaia c'era un'agave bruciacchiata. La caligine del bitume si mesceva all'odore salmastro della spiaggia e salendo velava un sole pallido, che faceva male agli occhi.

Allora me ne andavo passo passo via dal mare, su per la strada spoglia, socchiudendo gli occhi a quelle montagne sconosciute.

Giú per la strada qualche volta m'incontravo in villani sopra l'asino. Piú piccolo del padrone, l'animale trotterellava paziente e mi passava accanto senza guardarmi, mentre il villano si toglieva il berretto. Veniva da sotto a quelle coste, silenzioso, da una bicocca secolare o da una capanna, e mi scrutava un attimo con le occhiaie fosche. Per qualcuno di loro il mare era un'incerta nube azzurra. Qualche volta una bassa contadina vestita di marrone, cotta dal sole e dalle rughe, passava a piedi nudi con una cesta in capo, o un maialino alla corda, trottellante per le tre zampe libere. Non mi dava uno sguardo: fissava innanzi gli occhi immobili.

Di questi incontri non provavo sazietà. Questa era gente ignota, che viveva sulla sua terra la sua vita.

Ritornavo alle baracche, e i terrazzieri mi aspettavano seduti, essendo sorta qualche difficoltà che non toccava a loro risolvere. Cosí veniva mezzogiorno, e poi la sera, e l'indomani; e con ottobre cominciò il diluvio.

Asfaltare ancora era impossibile. Pioveva che pareva una cascata. Scrissi alla ditta di risparmiare me e i denari, e mi rinchiusi le giornate intiere all'osteria.

Una volta il macellaio mi prese in disparte. – Ingegnere, mettete dieci lire e siete socio. Domenica scrivo. La merce arriva mercoledí, e fino a venerdí in qualunque ora voi ne abbiate volontà bussate tre colpi e vi aspetta l'amore.

La biondina saltò dal treno una sera di vento e d'acqua, il macellaio la coprí con un ombrello, un altro le prese la valigetta, sparirono nella viuzza scura dietro la chiesa.

Tutto il paese lo sapeva, ma all'osteria si continuò a parlarne solo tra i fidati, vantandosi il macellaio che a quel modo si sarebbe trovato qualche altro cliente per Concetta. La nutrivano a carne e olive, ma la tenevano chiusa. Chi andava, chi veniva. Io ci fui la seconda sera. Nella bottega scura intravvidi due capretti sventrati penzolanti dagli arpioni su un mastello. Il macellaio mi accorse incontro, mi aprí un altr'uscio tarlato e, stringendomi la mano, m'introdusse.

V.

Di Concetta si discusse sovente all'osteria. Chi la diceva scipita, chi proponeva di richiamarla presto. – Il fatto è che in città si stancano troppo queste ragazze. Un'altra volta bisogna che venga piú riposata –. Aveva colpito specialmente il contrasto tra la carnagione scura e grassa e la leggerezza esotica dei capelli biondi.

– Viene da un incrocio, – spiegò il barbiere.

– È cresciuta al brefotrofio. Sono le migliori. Quand'ero in Algeria, fui con un'araba bianca come il latte, e i capelli rossi. Si diceva figlia di un marinaio.

Io bestemmiavo tra me e me, che non mi avrebbero preso piú. E neanche quei discorsi postumi mi piacevano troppo. Sentir uomini d'un'altra terra parlare di donne è avvilente. Cambiai discorso: – Chi ha veduto il confinato?

– Piano! – sibilò un giovanotto, abbassando la faccia tra le nostre. – Pianissimo! È arrivato ieri uno della questura a interrogarlo. C'è di mezzo un omicidio.

– Gentaglia.

– Chi hanno ucciso?

– Niente. Non l'hanno arrestato. Volevano solo schiarimenti. Il delitto è avvenuto in Altitalia.

– Che ne sapete?

– Lo vidi infatti ieri sera camminare sulla spiaggia come un matto. Non aveva berretto e pioveva.

Corsi a cercarlo. In casa non c'era. Ne chiesi ai vicini. Era uscito all'alba come sempre. Ritornai lungo la spiaggia: trovai Ciccio, sotto una barca capovolta, che si fasciava i piedi.

Ciccio l'aveva veduto. – Ve lo mostro. Compatitemi.

Attraversammo il paese. La gente era incuriosita. Salimmo volgendo le spalle alla marina. A mezzanotte c'era un portico che dava sui tetti sottostanti. Ai piedi di una colonna sedeva Otino, guardando a terra.

Levò una faccia infastidita e sofferente. Mi fece un cenno di saluto.

– Che cosa è successo, Otino?

– Quel che doveva succedere.

Dall'altra colonna, dov'era corso a sedersi, Ciccio mi fece il gesto di chi fuma. Lo mandai all'inferno.

– Ho saputo che uno della questura...

– Tutto si viene a sapere, – disse Otino con aria cupa. Poi si guardò intorno e scrutò Ciccio.

– È uno scemo che non sente, – feci io. – Se vuole raccontarmi, può.

– Quello che gli è scappata la moglie? Bisogna essere ben terra da pipe per ridursi in quello stato.

– Otino, è una mezz'ora che la cerco: mi hanno detto che sta male.

– Io? – quello scattò. – Io? Una cosa sola, – e scandí le parole con due labbra scolorite, – mi è rimasta nel gozzo: che adesso non lo posso piú far io.

– Che cosa? – balbettai.

– Ma la pianti, – mi gridò in faccia. – Qui le cose si sanno. Cosa viene a far finta?

– Otino, se lo dico, mi può credere. Ho saputo che uno della questura le ha parlato, ma che cosa le abbia detto o che schiarimenti volesse, non ho idea.

– Mi dia da fumare, – fece brusco. Porsi la sigaretta; poi guardai Ciccio e gli gettai la sua, che prese al volo.

– Allora senta. Mia moglie, – e tentò un sorriso, – mia moglie è stata uccisa da un compagno di lavoro, col quale conviveva da sei mesi, e aveva rapporti da due anni. Il sottoscritto viene interrogato perché frequentava la vittima – frequentava – e potrebbe gettar luce su importanti precedenti. Sa il piú bello? – fece poi, afferrandomi un braccio. – Le ha sparato sette colpi, tutti in faccia.

Di ridere non tentava piú. Parlava con una secca vivacità, ripetendo le parole come per obbligo, senza che la sua voce trasalisse. Quand'ebbe finito, rimase a dondolare il capo, fissando la sigaretta ancora intatta tra le dita. Poi scattò. Serrò nel pugno la sigaretta e la scagliò via, con un rugghio come gettasse anche la mano.

Sentii al braccio prigioniero il sussulto. Svincolandomi, dissi piano: – Scusi, Otino.

– Quel che mi sta nel gozzo è che non lo posso piú far io, – gemette un'altra volta. – Da due anni, – e si prese il capo tra le mani. – Da due anni.

Da quel portico aperto sul mare me ne andai indurito e avvilito. I due che rimasero non erano tipi di gran compagnia. Pure li vidi giorni dopo, in piazza, seduti sul lungo tronco. Non parlavano, ma insomma erano insieme.

Io passai gli ultimi giorni a gironzare anche sotto la pioggia. Il mare evitavo di guardarlo: era sporco, sconvolto, pauroso. Il paese e le campagne si erano come impiccioliti. In pochi passi raggiungevo qualunque luogo e me ne tornavo insoddisfatto. Non ne potevo piú. Ogni colore era sommerso e, nel cattivo tempo, le montagne erano scomparse. Mancava ora a quel paese anche lo sfondo, che in passato aveva dato un orizzonte alle mie camminate.

Solo, restò ben visibile dalla finestra dell'albergo, nella pioggia, la collina brulla dai muraglioni biancosporchi in cima: il paese antico. Con quella vista negli occhi, una mattina che al solito la luce agonizzava, partii per il mio destino.

Indice

Stampato per conto della Casa editrice Einaudi
presso ELCOGRAF S.p.A. - Stabilimento di Cles (Tn)

C.L. 23807

Edizione	Anno
8 9 10 11 12 13	2019 2020 2021